내일은 날씨가
좋을지도 몰라

밤이 캄캄할수록 별이 밝게 빛나듯
부정적인 모든 경험들이
나를 더 빛나게 해줄 것이라 믿어

내일은 날씨가 좋을지도 몰라

초판 1쇄 발행 2021년 12월 7일

지은이 · 권해창
펴낸이 · 한주은
편집 · 도서출판 클북 편집부
발행처 · 도서출판 클북
등록 · 504-2019-0000002호 (2019. 2. 8.)
경북 포항시 북구 양덕로 16, 기쁨빌딩 3층
054-255-0911  054-613-5604(fax)
ask.gracehan@gmail.com

ISBN 979-11-927657-7-8 03810
이 책의 국립 중앙도서관 출판예정도서목록은 서지정보 유통지원시스템 홈페이지(http://seoji.nl.go.kr)와 국가자료 공동목록시스템(http://nl.go.kr.kolisnet)에서 이용하실 수 있습니다.

권해창 장편소설

**프롤로그**
11

**1장 혼돈**
21

**2장 그림자**
63

**3장 여행**
89

**4장 홀로**
163

**5장 파도**
205

**6장 슬픈 여행**
245

**7장 우쿨렐레**
299

**8장 비틀비틀**
339

**9장 노란빛**
387

**작가의 말**
423

프롤로그

꽃향기가 캠퍼스에 가득한 4월의 어느 오후. 갓 제대한 복학생이었던 나는 강의실 바닥에 길게 이어진 황금빛 햇살을 바라보며 수업을 기다리는 중이었다.

은퇴한 명예교수의 영미문학 강의는 영어교육과 전공생 사이에서 인기가 좋았다. 겁도 없이 그 자리에 앉아있었던 나는 어쩌면 전공생들에게 학점을 깔아주는 호구였을지 모른다.

셰익스피어 소네트를 읽으며 진리와 영혼, 시간과 사랑에 관해 강의가 이어졌다. 교수는 역설과 각운 등 영국식 소네트 형식들을 가르치거나 강독을 했고 수업을 마무리할 때는 우리에게 직접 시를 쓰도록 지도했다. 영어에 미숙하고, 시적 감수성이 부족한 내게 이런 과제는 부담스러웠다. 하지만 엉망이어도 시를 짓고 나면 묘한 흥분이 일었다. 마음속에 좋은 씨앗을 심는 기분이 들었던 것이다.

슬픈 사랑에 대한 소네트를 읽을 때였다. 교수가 안경 너머로 학생들을 바라보며 말했다.

"혹시 전공생이 아닌 학생이 있나?"

학생들은 두리번거리며 짧은 머리를 한 내게 눈길을 보냈다. 나는 안경을 매만지며 손을 들어 올렸다.

"자네가 한 번 읽어보게."

'O me'로 시작하는 소네트는 눈먼 사랑 이야기였다. 서툰 발음 때문에 나는 중간중간 교실을 웃음바다로 만들었다. 교수는 사랑에 빠진 사람이 연기하듯 감정을 담아 읽어주어 고맙다고 말했다. 소네트 강독이 이어졌고 어김없이 시 한 편을 짓는 시간이 주어졌다.

"오늘은 사랑에 대한 시를 써 볼까 하네. 형식은 소네트에 맞추되, 그렇지 않더라도 상관은 없네."

나는 얼마 전 교육심리학 수업에서 한눈에 빠져버린, 이름도 모르는 여학생을 떠올렸다. 검고 길다란 생머리에 얼굴이 하얗고 귀여운 그녀를 생각하며 시를 썼다. 강의실에서 처음 마주쳤을 때의 눈부셨던 순간을 소네트로 옮겼다. 내가 제출한 시는 단어나 문법이 엉망이었기에 봐줄 만한 수준이 아니었지만, 그날따라 교수는 내게 관심을 보였다. 쉬는 시간이 끝나고 모두 자리에 앉자 교수가 칠판에 이렇게 썼다.

WHAT IS LOVE
사랑이란 무엇일까

내가 제출했던 시의 제목이었다. 교수는 이 시를 쓴 학생이 직접 낭독해 달라 요청했고 나는 얼굴이 벌겋게 달아올라 모기만한 목소리로 곤란하다고 말했다. 전공생들의 응원과 요청에 힘입어 더듬더듬 한 자씩 시를 읽어 내려갔다. 마음속 한구석에서부터 창피함과 걱정, 흥분이 묘하게 뒤섞이기 시작하더니 긴다란 검은 생머리의 그녀를 떠올리자 심장이 쿵쾅쿵쾅 뛰기 시작했다. 흥분을 가라앉히려 중간중간 숨을 크게 내쉬기도 했는데 그런 내 모습이 아마 시의 내용과 잘 맞아떨어졌던 것 같다. 여기저기에서 박수 소리가 들렸다.

교수는 시를 낭독하는 동안 창밖을 바라보더니 뒤돌아서며 질문을 던졌다.
"사랑이란 무엇일까?"

강의실에 적막이 흘렀다. 숨소리도 집어삼킨 고요함 속에서 우리는 사랑에 대해 생각하기 시작했다. 사랑이란 무엇일까. 방금 사랑에 대한 시를 지었음에도, 한 시간씩이나 생각했음에도 사랑을 정의하기는 쉽지 않았다.

노 교수는 가볍게 손뼉을 치더니 눈을 동그랗게 뜨며 말했다.
"내 나이가 되어도 사랑에 관해 정의를 내리기 어렵구먼. 오늘은 용기 있는 저 학생의 사랑에 관한 생각으로 수업을 마무리하고 싶은데. 다들 어떤가?"
나는 손으로 얼굴을 가렸다. 눈동자들이 내게 몰렸다. 눈을 질끈 감았다. 부끄러움으로 곤란하던 그때, 첫눈에 반한 그 여학생을 다시 떠올렸다. 그 얼굴을 천천히 마음 속으로 그려보았다. 순수한 눈빛과 상냥한 미소, 검은 머릿결 사이로 빛나는 생기발랄함. 나직하게 숨을 고르고 분필을 들었다.

수업을 마치고 학생들이 모두 나가기를 기다렸다. 칠판을 지우기 위해서였다. 칠판에는 이런 글씨가 남아있었다.

WHAT IS LOVE
사랑이란 무엇일까

To laugh together as much as possible.
함께 최대한 자주 활짝 웃는 일

**검은 생머리의 그녀를 떠올리자
심장이 쿵쾅쿵쾅 뛰기 시작했다**

# 1장 혼돈

# 1

 두 번째 임용시험에서 낙방했다. 나는 방바닥에 뒹굴며 이십 대 마지막 2월을 보내고 있었다. 천장에 매달린 형광등을 멍하니 바라보는데 민희에게 문자가 왔다. 일주일만이다.

 – 오빠 미안해. 1년을 더 기다리는 건 힘들어.

 탈락의 아픔을 위로해 줄 것이라 믿었던 그녀는 어디론가 사라지려 했다. 어떻게 해야 할지 몰랐다. 시도 때도 없이 슬픔이 퐁퐁 솟아올랐다.

 "아들, 힘들지? 조금만 힘내자."

 시험 뒷바라지를 하며 기도하고 있는 어머니 앞에서 이별의 아품을 티 낼 수도 없었다.

공부, 공부, 공부. 스트레스와 우울을 풀 방법은 없었고 냉정한 시간은 한 치의 오차도 없이 다음 시험을 향해 나를 떠밀었다. 삶은, 날 선 칼처럼 마음 여기저기를 상처 내기 시작했다. 낮에는 그럭저럭 잘 지냈다. 힘이 조금 없고 옛 기억들이 가끔 떠올라 쓸쓸할 뿐이었다. 문제는 밤이었다.

이별 후 한 달 동안 민희는 매일 밤 꿈에 등장했다. 우리는 추억의 장소들을 여행했다. 사랑을 고백한 벤치, 첫 여행지였던 가평의 펜션과 자전거길, 학교 주변 산책로, 촛불 이벤트를 했던 대형 강의실, 그녀가 즐거워했던 롯데월드. 여러 추억의 장소들을 돌아다니며 말장난을 하고 손을 잡고, 키스했다. 그리고 잠에서 깨어났다. 베개가 축축했다.

'너도 나처럼 힘들까?'

한숨이 나왔다. 시작은 했으나 아직 끝나지 않은 이별. 매일 밤 반복되는 아픔 때문에 밤이 오는 것이 무서웠다. 하염없이 망가지는 나를 내버려 둘 수 없었다. A4용지와 펜을 꺼내 짧은 이별의 순간에 하지 못했던 말들을 길게 쓴 다음 베개 속에 넣었다. 완벽한 이별을 바라면서.

그날 밤 꿈속에 민희의 얼굴은 변해 있었다. 아담한 체형과 목소리, 애교스러운 말투, 익숙한 팔짱과 깍지 손을 보며 그녀가 민희인 것을 알았지만 얼굴은 모자이크로 가려져 있었다.

　우리는 놀이공원을 향했다. 그녀가 좋아하던 그 곳에서 우리는 마음껏 장난치며 웃었다. 그녀는 평소처럼 왼팔에 매달려 팔짱을 끼고, 내 말장난에 까르르 웃었다. 그녀가 신나면 즐겨부르던 콧노래가 들렸다. 나는 천천히 그녀의 오른손을 들어 입김을 불고 손등에 뽀뽀했다. 평소 손이 차가웠던 민희는 그런 다정함을 좋아했다. 민희의 손을 모아 입김을 몇 번 더 불어주고 그대로 양손을 마주잡았다. 꼼지락 거리는 손가락 사이로 온기가 느껴졌다.

"희야."

　그녀를 바라보았다. 마지막으로 얼굴을 자세히 보려고 다가갔지만 모자이크만 커질 뿐이었다.

"마지막으로 할 말이 있어."

　미리 써본 편지대로 작별 인사를 건넸다. 고마움과 미안한 마음을 솔직하게 이야기했다. 앞으로 좋은 사람을 만나 함께 웃으며 마음껏 사랑하라고 말했다. 민희는 두 손으로 얼굴을 가리며 흐느꼈다.

　겨우 몸을 일으켰다. 축축한 베개와 커튼 사이로 들어오는 희미한 빛 속에서 헛웃음이 나왔다. 민희는 그 후로 꿈에 등장하지 않았다.

# 2

"PSA 수치가 높은데요. 이 정도면 전립선암일 수도 있습니다."

듣는 순간 현실인지 꿈인지 분간할 수 없었다. 동네 비뇨기과 의사는 무표정했다. 버스를 기다리며 멍하니 앉아 하늘을 봤다. 몇 대를 그냥 보냈다. 하늘은 푸르렀다. 몽실몽실 떠다니는 구름은 자기들끼리 평화로웠다.

다음날 종합병원 비뇨기과에 갔다. 길게 뻗은 복도에 앉은 사람들은 하나같이 죄라도 지은 표정이었다. 죽어가던 스투키 생각이 났다. 색이 바래 서 있을 힘도 없이 축 처져 화분 아래로 고개를 떨어뜨렸던 스투키.

'야동을 많이 봐서 그런가?'

내 이름을 불렀다. 간호사들은 대기실 중앙에서 환자들을 응대하고 있었다. 젊은 간호사들 눈에 내가 어떻게 비칠까를 생각하니 쪽팔렸다. 고개를 더 숙이며 진료실로 들어가는데 덩치 큰 중년의 외국인과 눈이 마주쳤다. 죽어가는 스투키의 표정이었다.

"바지를 벗으시죠."

"네?"

의사는 오른손에 새하얀 위생장갑을 끼기 시작했다. 사각형 무테안경 너머로 감정을 읽을 수 없는 눈빛이 전해졌다.

"침대 위로 올라가세요. 벽에 그림 보이죠?"

전립선액 검사를 위해 환자가 취해야 할 자세가 거기 있었다. 요가를 해 본 사람은 알겠지만 테이블 자세, 혹은 어린아이가 기어가는 자세와 비슷하다. 바지를 벗으라고 한다는 것 빼고는. 바지 지퍼에 손을 댄 채 망설이는 내게 의사는 왼손에도 위생장갑을 끼며 말했다.

"이 손가락을 항문에 넣을 겁니다. 전립선을 자극해 액을 뽑을 거예요."

머리에서는 자아들이 사분오열 각자 날뛰고 있었다. 항문으로 두툼한 손가락이 살며시 들어오려는 조짐이 느껴졌다. 젠장. 입을 벌렸다. 의사는 긴장을 풀고 편안한 마음으로 숨을 내쉬라고 지시했다. 긴장이 빠지는 찰나 손가락이 항문으로 쏙 들어왔다.

흐읍.

손가락은 이리저리 내부를 탐험하며 전립선을 자극했다. 내 신경은 온통 몸 안에서 날뛰는 이질적이고 딱딱한 손가락에 가 있었다. 지옥 같은 몇 초가 흘렀다.

"끝났습니다. 휴지로 닦고 나오세요."

집에 오니 어머니가 걱정스러운 눈빛으로 검사에 관해 물었다. 손가락 이야기만 빼고 다 말했다.

# 3

 며칠 뒤 다시 병원을 찾았다. 수치가 더 높아져 있었다. 의사는 전립선암 운운하면서 '침생검'을 하자고 했다. 침을 전립선에 찔러 조직을 뗀 후 검사를 통해 암 여부를 관찰하는 검사 방법이었다. 어머니는 기도를 더 열심히 했다. 이번에는 희고 기다란 물체가 몸속에 들어왔고 나는 다시 무력감을 느꼈다.

 "암은 아니네요. 수치가 높으니 관리를 잘하세요."

 다행이었지만 고통은 그대로였다. 의자에 앉으면 통증은 주기적으로 찾아왔고 나는 점점 예민해졌다. 인터넷으로 정보를 뒤져 한의원을 찾아냈다.

무려 전·립·선·질·환·전·문·한·의·원이었다! 젊은 한의사는 이야기를 듣더니 치료에 자신감을 보였다. 두 달이면 100% 완치 가능하다고 했다.

한의사는 구원의 빛이었다. 약은 비쌌고, 집에 부담을 주는 것이 미안했지만 이 고통을 계속 안고 공부를 할 수는 없는 노릇이었다. 하지만 통증은 시간이 지나도 그대로였다.

두 달 후 한의사는 자기 힘으로는 치료할 수 없다고 했다. 작열하는 태양 아래 나는 두 달 치 한약을 양손에 들고 걸었다. 무거웠다. 회음부는 걸을 때마다 고통의 신호를 보냈고 고환이 쪼그라드는 고통을 느꼈다. 이렇게 고자가 되는 것은 아닌지 온갖 생각이 떠올랐다. 나도 모르게 그만 고함을 질렀다.

"아. 버스는 왜 안 와!"

"어이. 립선이."

"아. 그만해라. 쪽팔린다."

"립!선~이! 립!선~이!"

건우는 연신 립선이를 외치고 있었다. 간밤 통화로 고생한 이야기를 했더니 건우는 배꼽이 빠져라 웃었다. 전화기 너머로 능글능글한 웃음이 들려왔다. 한 시간 넘는 통화에도 할 말이 남았는지 만나서 밥 먹으며 이야기를 하자고 했다. 초등학교부터 친구였던 건우의 긍정적인 기운이 우울한 입시 준비에 활력을 줄 수 있을 것 같았다.

"반갑다. 오랜만이네."

"근데. 하나만 물어봐도 되나?"

"응?"

"손가락은 어땠어? 따뜻했어?"

나는 안으려고 팔을 벌렸지만, 건우는 손가락을 세운 채 익살맞게 웃으며 나를 놀렸다.

뜨끈한 국밥을 해치우고 근처 카페로 갔다. 건우는 번듯한 중견기업에 막 입사한 상태였다. 입사 1년 차 막내라는 이유로 많은 일을 떠맡아 주말까지 허덕였다. 건우는 회사에서 자신이 겪는 부조리함을 말하다가 부러워하는 내 눈빛을 읽었는지 어깨를 툭 치며 말했다.

"괜찮아. 너도 올해 잘 될 거야. 이렇게 열심히 하는데."

"운이 따라줘야지."

"경쟁률은?"

"아직 원서 넣기 전이라 몰라."

"작년엔?"

"50 대 1."

건우는 음료를 쭉 빨더니 호탕하게 웃었다.

"크하하하. 그 정도는 뚫어줘야 서준이지."

왠지 그 말에 힘이 났다.

"그래. 어차피 다 내 밥이라는 생각으로 하고 있어."

"그래! 그런 마인드 좋아!"

근처 공원을 걷기 시작했다. 비둘기들이 고개를 앞뒤로 흔들며 뒤뚱뒤뚱 돌아다니고 있었다. 유독 회색 비둘기 한 마리에 눈길이 갔다. 그 비둘기는 우리가 다가가자 날개를 펼치고 움직였지만, 푸드덕 소리만 날 뿐 얼마 날아가지 못하고 땅으로 떨어졌다. 두세 번 시도 끝에 겨우 전선 위로 올라갔다.

"요즘에도 계속 우울하냐?"

"응?"

"민희랑 헤어지고 너 좀 변한 것 같아."

"……."

담배에 불을 붙이며 건우가 말했다.

"담배 줄까? 끊었어? 스읍~후.

나 여자가 있었거든. 음? 지금은 끝났어. 근데 누군지 알면 너도 놀랄 거야. 혹시 우리 중학교 때 같은 동아리 했던 단발머리 귀여운 후배 기억하나?

그래, 영화동아리. 인기 많았던 애 있잖아. 주연이 기억나지? 그 애랑 일이 좀 있었지.

두 달쯤 전에 버스 안에서 우연히 마주쳤어. 개도 취업 준비한다고 고향에 내려온 모양이더라고. 그래서 전화번호 주고받고 나중에 밥이나 한 끼 하자고 했지. 그렇게 몇 번 밥 먹고 술도 마시고 하다 보니 손잡고 나중에는 모텔까지 갔잖아."

"그래?"

건우는 담배 연기를 한숨처럼 내뱉었다.

"처음엔 서로 끌려서 그랬다고 생각했지. 나중에 알고 보니 얘가 남자친구가 있었던 거야. 그래. 나도 몰랐지. 나 만나러 나올 때마다 반지를 빼고 다녀서 눈치 못 챘지. 어떻게 알았냐고?

내가 사귀자고 하는데 자꾸 미적거리는 느낌이 이상하더라고. 질문 몇 개 던지니까 바로 답이 나오더라.

오래 만난 남자친구가 있었는데 헤어지는 과정에 나를 만났다, 지금 남친보다 내가 더 좋다나 뭐라나. 아무튼, 남친이랑 관계 깔끔하게 정리하고 연락하라고 했지. 그런데, 대박. 누구한테 전화 온 줄 알아?"

"누구? 부모님?"

"크하하하. 야. 왜 부모님 연락이 오냐. 어이구. 얘 남자친구한테서 연락이 온 거야."

"왜?"

"걔가 헤어지자고 하니까 남자친구가 헤어지는 이유를 물었겠고, 아마도 내 이야기를 꺼냈겠지. 그래서 화가 났는지 전화를 걸었더라고."

"당황했겠네."

"잠깐은 그랬지. 그런데 생각해 보니까 열 받더라고. 내가 남친 있는 거 알면서 일부로 꾄 것도 아니고 주연이랑 서로 좋아서 만난 건데."

"어떻게 됐어?"

"여자친구 관리 잘하라면서 따졌지. 만약 한 번 더 전화 걸면 쌍으로 가만두지 않는다고 말하고 끊었어."

"주연이랑은?"

"이런 식으로 행동하면 곤란하다고 전화했어. 끝."

"끝?"

"끝이지 뭐. 복잡한 거 딱 질색이야."

"엄청난 일이 있었구나."


우리는 나란히 앉아 담배를 태웠다. 만남과 이별이 순식간에 교차한 자리에 남은 것은 찝찝한 감정과 흩어지는 담배 연기뿐이었다. 반쯤 남은 담배를 끄며 내가 말했다.

"힘내라."

"웃기네!

그 말은 내가 너한테 할 말이야."

# 5

 좋은 일은 가끔씩 오고, 안 좋은 일은 대개 한꺼번에 몰려오는 법이다. 아버지는 여름이 오기 전부터 자주 머리가 아프다고 말했다. 공장 일을 마치고 퇴근하면 소파에 눕기 바빴다.
 "서준아. 아빠랑 며칠 어디 갔다 올 테니까 동생이랑 싸우지 말고 잘 지내고 있어라."
 "어디에 가는데요?"
 "서울에."
 "서울?"
 뇌동맥류. 아버지는 뇌혈관 두 군데가 동그랗게 부풀어 올라

있었다. 튀어나온 부분은 시한폭탄처럼 언제 터질지 몰라 수술이 시급했다. 담담하고 차분하게 아버지의 일을 설명하는 어머니. 공무원 시험이 얼마 남지 않은 동생에게는 비밀로 했다.

  독서실로 가는 길이었다. 길을 건너는데 어디선가 은은한 피아노 소리가 들려왔다. 파리바게뜨 스피커에서 나는 소리였다. 서정적인 피아노 연주를 듣자마자 눈자위가 뜨거워졌다. 고개를 숙인 채 발걸음을 빨리 옮겼다. 붉은 노을이 등 뒤에서 짙은 그림자를 만들어 얼굴을 가려주었다.
  한참을 걸었다. 네온사인이 하나둘 꺼지고 다리가 아파지기 시작할 때 근처 초등학교에 들어갔다. 넓은 운동장 구석에는 희미한 달빛 아래 철봉과 구름다리, 정글짐이 잠들어 있었다. 그네에 앉아 고개를 들었다. 엷은 구름 사이로 달이 보였다. 올해는 되는 일이 하나도 없다는 생각이 들어 억울했다.
  안 좋은 일들은 왜 한 번에 몰려오는 걸까?

# 6

 오래된 독서실은 아침부터 밤이 깊도록 누구 하나 찾지 않았다. 밤 9시 무렵 고등학생 몇이 와서 한두 시간 공부하고 집에 갔다. 그전까지는 홀로 독서실을 지키고 있었다. 고요하고 어둡고 추웠다. 빛 하나 들어오지 않는 공간에서 숨 막히는 어두움이 나를 감쌌다. 독서실 스탠드에서 스며 나오는 희미한 온기라도 느끼고 싶어 일부러 책상에 바싹 붙어 앉았다.

 시험이 열흘 앞으로 다가왔다. 신경은 예민해졌고 시간은 점점 빨리 흘렀다. 졸음이 오면 볼을 때리거나 허벅지를 꼬집고 입술을 깨물었다. 집중이 안 되거나 머리가 지끈거리면 초조함이 몰려왔다. 호흡을 가다듬으려 한숨을 내쉬면 어깨가 축 처졌다. 나는 난파선처럼 조금씩 가라앉고 있었다.

그날따라 마음이 추워 견딜 수 없었다. 거리의 고양이들도 자취를 감춘 늦은 밤, 혼자 목욕탕에 갔다. 나를 따뜻하게 감싸줄 곳이 필요했다. 수중 기포 장치도 꺼진 늦은 밤, 욕조에 남아있는 온기에 몸과 마음을 맡겼다. 탕 안에 비스듬히 누워 천장을 보고 있으니 긴장이 풀렸다. 응어리진 걱정거리나 망상도 조금씩 풀어져 물에 녹아내리는 것만 같았다.
'아버지. 괜찮으실까?'

아버지와 함께 목욕탕에 자주 다녔었다. 함께 등산을 갔다 온 다음이거나, 주말이면 아버지는 늘 나를 목욕탕에 데리고 갔다. 아버지를 따라 온탕, 열탕, 냉탕을 들락날락하다 보면 몸에 점점 힘이 빠지고 이완되었는데 그 느낌이 좋았다.

탕과 사우나를 오가며 몸이 미역처럼 흐물흐물해지면 구석에 놓인 선베드에 누워 잠시 숨을 돌렸다. 몸을 달군 열기가 빠져나가는 것을 느끼며 가쁜 숨을 고르고 누워있으면 천국이 따로 없었다. 샤워기에서 물이 나오는 소리, 보글보글 공기 방울이 탕 안에서 터지는 소리, 아이들이 노는 소리가 한데 어울린 소음을 배경 삼아 누워있노라면 마음이 편해지곤 했었다.

'아버지 괜찮으셔야 하는데.'

# 7

"혹시 이거 엿이냐?"

"그래, 맛나게 먹어라."

건우가 독서실에 들렀다.

"나 엿 끊었어. 좀 말랑말랑한 거 사 오지."

건우는 나를 끌고 옥상으로 올라갔다. 우리는 나란히 서서 지는 해를 바라보며 담배를 태웠다.

"괜찮냐? 어제 전화로는 엄청 힘들어 보이더구먼."

"미안. 순간적으로 감정이 복잡했어."

"그럴만하지. 나 같아도 그랬을 거야."

"과목을 잘못 선택했나 봐."

"왜?"

"그냥. 그런 생각이 드네."

"그래. 윤리는 너한테 안 맞지. 야한 거 많이 좋아하잖아."

"아니, 그게 아니라…… 후~ 됐다. 인마."

담배를 연달아 두 개비나 태웠다. 건우는 한 개비를 더 달라는 내게 머리 아플 걸 하며 웃었다. 세 개비 째, 몽롱한 기운이 온몸으로 퍼졌다. 허공에 붕 뜬 느낌과 구역감이 올라와 쪼그리고 앉았다.

"그래도 안 뛰어내리길 잘했지?"

"응. 잘한 것 같아."

"에라 도라이야. 얼마나 놀랐는데."

"미안하다."

자꾸 이상한 생각이 들었다. 눈은 책을 보고 있었지만, 마음 한 구석에서는 이유 모를 원망과 자책, 폭력적인 망상이 떠올랐다. 하나의 망상을 지우고 나면 숨 돌릴 틈 없이 다른 망상이 마음에 떠올랐다.


준비하는 과목은 윤리였다. 온종일 접하는 동서양 고전과 참고서에는 바람직한 인간과 사회에 관한 이야기로 가득했다. 망상에 빠진 채 이 바람직한 내용들을 읽고 있으면 하루에도 수십 번씩 우울해졌다. 파괴적인 망상에 빠지고 나면 이내 자신이 쓰레기처럼 느껴졌다.

"어제 어디서 전화 걸었는데?"

나는 멀리 보이는 다리를 가리켰다.

"어이구. 잘하는 짓이다. 그냥 말리지 말 걸 그랬나. 흐흐흐. 아까 눈 밑에 휴지는 대체 무슨 퍼포먼스냐?"

"요즘 이상한 생각 때문에……. 닦고 있을 시간이 아까워 그냥 붙여놨지."

"창의적이네. 귀엽다."

쪼그렸던 몸을 일으켰다. 감정이 격해져 앉아있기조차 힘든 날에는 걸었다. 걸으면 그나마 망상이 덜했기 때문이다. 걸으면서 공부했던 내용을 복기했다.

선날 저녁에는 왕복 8차선의 대형 다리를 건넜었다. 높은 가을 하늘에 커다란 달이 걸려있었고 다리 아래로는 강물이 천천히 흘렀다. 등 뒤로 차들이 어디론가 달리는 소리가 들렸다. 강물에 비친 달을 한참 보았다. 여기서 뛰어내리면 저 달에 닿을 수 있을지도 모른다는 생각이 들었을 때 건우에게 전화를 걸었다.

"너랑 통화하고 돌아오는데 큰 트럭 한 대가 빠르게 달려오는 게 보이더라고."

"그래서?"

"전조등이 엄청나게 따뜻하게 느껴지더라……."

건우는 말없이 등을 토닥여주었다.

# 8

 

1차 시험을 치르고 병원으로 갔다. 아버지는 수술을 잘 마치고 고향 병원에 내려와 요양하는 중이었다. 아무렇지도 않게 웃는 얼굴이었지만 눈빛에는 힘이 하나도 없었다.

"왔어? 시험은 어땠어?"

"아버지, 괜찮아요? 얼굴이 많이 부었네."

"다 나았어. 괜찮아."

"힘드셨죠?"

평소 헬스로 몸 단련을 열심히 했던 아버지는 회복이 빨랐다.

"얼른 가서 쉬어. 고생했어."

"네. 집에 가서 점수 매겨봐야겠어요."

어머니는 복도에서 이 시간만을 기다렸다는 듯 그동안 하지 못한 이야기를 쏟아냈다. 어떤 스님에 관한 이야기를 꺼냈다.

"그래요? 신기하네. 진짜 달력만 보고?"

"그으래. 니 공부한다고 바빠서 인제사 말하는데. 신기하지 않나? 다 부처님이 돌봐주는 덕분이다."

어머니는 소원 한 가지는 꼭 들어준다는 유명한 사찰에 다니며 기도했었다. 사찰 근처에 암자가 하나 있었고 거기 유명한 스님이 있었다. 나이 지긋한 스님은 할머니와 아주머니들에게 인기스타였는데, 사주를 잘 보고 예지력으로 미래를 내다보는 힘이 있기 때문이었다. 말을 섞어보면 누구라도 스님의 통찰에 혀를 내두른다고 했다.

어머니는 스님에게 달려갔다. 절박한 심정을 이야기하고 좋은 수술 날짜를 점지해 달라고 부탁했다.

"10월 31일."

스님은 달력을 흘낏 보며 말했다.

"스님, 한 달 안에는 다들 힘들 거라고 하던데요. 11월이나 12월에…… 아니면 내년 날짜라도 봐주시면 제가 병원에 부탁해 보겠습니다."

스님은 다시 천천히 벽에 걸린 달력과 어머니를 번갈아 바라보았다.

"걱정하지 마라. 그날 된다."

다른 날은 필요 없다고 했다. 어머니는 실망스러운 마음으로 날짜를 아버지에게 말했다. 그날은 도무지 가능성이 없어 보였다. 집으로 돌아오는 두 분 발걸음은 무거웠다.

- 부재중 전화 1통

며칠 후 아버지는 퇴근길에 부재중 전화가 온 것을 발견했다. 서울 지역 번호였다. 혹시나 하는 마음에 전화를 해 보니 간호사가 수술 가능 날짜를 전해왔다. 10월 31일이었다.

어머니는 시험 끝나는 대로 스님을 한번 찾아가 보자고 했다. 나는 그렇게 하기로 약속했다.

# 9

 가채점 결과 이변이 없는 한, 그러니까 내가 마킹을 잘못했거나 답안지를 분실하거나 하지 않으면 합격권이있다. 시닐늘과 연락을 해봐도 나보다 잘 친 사람은 한둘 정도였다. 헷갈리는 문제도 있었고 확신이 없던 문제도 있었지만 운이 좋았다. 동생이 컴퓨터 앞에 앉아 시험지를 들고 정답과 맞춰보는 중이었다.

 "와! 와!"

 감탄을 연발하던 동생은 방구석에 먼지처럼 앉아있는 나를 보고 흥분해서 외쳤다.

 "오빠! 지인짜 잘 쳤네?"

"맞나."

"왜? 안 기쁘나?"

한동안 대답을 못 했다. 좋은 감정이 느껴지지 않았다. 오히려 두려움과 공포를 느끼고 있었다. 곧 2차 시험을 봐야 하는 현실이 마음을 짓눌렀다. 아직도 공부해야 하는 시간이 한 달이나 남았다는 사실에 상당한 부담을 느꼈다.

아버지 뇌 수술은 성공적으로 끝났다. 동생은 고생 끝에 공무원 시험에 합격해서 발령을 기다리고 있었다. 오랫동안 나를 괴롭히던 전립선 통증은 한약 덕분인지 점점 사라지고 있었다. 그리고 나는 1차 시험을 잘 쳤다. 운 좋게도 좋은 일들이 한 번에 몰려왔다. 그런데 조금도 기쁘지 않았다. 눈을 감으면 어둡고 축축한 독서실이 생각났다. 그 자리를 떠올리는 것만으로도 온몸에 소름이 돋아 올랐다. 마음 깊은 속에서 무서운 생각들이 꿈틀꿈틀 기어 올라왔고 나는 당장이라도 질식할 것 같았다.

"아, 뭐야. 오빠 왜 그래."

동생은 울먹거리며 이렇게 말하곤 방문을 닫고 나가버렸다. 나는 방구석에 앉아 서럽게 울고 있었다.

**10**

"올라와. 혼자 있으면 더 심해져. 같이 공부하자."

혼자 방에 남아 눈물을 훔치고 있을 내 훈빈에게 전화가 왔다. 시험 결과와 안부를 묻는 동안 나는 내면의 고통을 전할 수 있었다. 2차 시험을 준비하는 게 자신 없다는 내 말을 듣더니 서울로 와서 함께 준비할 것을 제안했다.

"너한테 방해되지는 않을까?"

"방해는 무슨. 같이 살면 방값도 아끼고 좋지. 서울 방값이 좀 비싸냐. 내일 간단한 짐만 부치고 바로 와."

훈민이는 1초의 망설임 없이 올라와 함께 공부하자고 말했다.

함께하니 웃을 일이 생기기 시작했고 망상이 조금씩 옅어졌다. 외로움이 덜한 것만으로도 마음이 한결 편해졌다. 민폐를 끼치지 않으려 더 열심히 공부했다. 그 해 우리는 둘 다 합격했다.

어머니와 산에 올랐다. 목적지는 기도처 근처 암자였다. 얼마 전 내린 눈이 소복이 쌓여있는 산은 온통 흰 털옷을 입은 듯했다. 가파른 오르막길을 걷다 보니 눈이 오나 비가 오나 이런 길을 수도 없이 걸어 올랐을 어머니의 정성이 피부에 와닿았다.

마당에 작은 탑이 서 있었고 오른쪽에는 층층이 바위들이 정갈한 모습으로 쌓여있었다. 바위 위에는 부처, 보살, 동자승 모양의 조그만 석상들이 옹기종기 모여 있었다. 어머니는 까치발로 암자 주변을 기웃기웃하더니 말했다.

"여기서 조금 기다리고 있어 봐. 스님 계신지 여쭙고 올게."

손을 비비고 입김을 불면서 암자 아래로 펼쳐진 산 아래 풍경을 보았다. 장관이었다. 고요한 가운데 간간이 들려오는 새소리에 귀를 기울였다. 기분이 이상했다. 누군가가 나를 지켜보고 있다는 느낌이 들었다.

'이상하네. 사람이 없었는데.'

주위를 둘러보니 나를 뚫어지게 바라보는 개 한 마리가 있었다. 덩치 큰 검은 개가 넓고 큼직한 바위에 앉아있었다. 사람의 눈길과 비슷했다. 아니, 분명 사람의 눈이었다. 검은 개는 고개를 든 채 미동도 없이 나를 관찰하고 있었다. 무언가에 홀린 듯한 기분이었다.

"아들, 들어와."

법당 옆, 작은방이었다. 작은 체구에 두꺼운 승복을 입은 스님이 거기 있었다.

"서준이 너 때문에 엄마 무릎 다 닳을 뻔했다. 허허허."

들어보니 그해 나는 시험 운이 없었다고 했다. 어머니의 정성스러운 공양과 기도로 합격할 수 있었다는 의미였다. 스님은 잠시 나를 훑어보았다.

"서준이가 참 착하네. 그런데 속이 좁다. 앞으로 무슨 일이 생기거든 '그럴 수 있다'라고 생각하거라."

암자를 떠나 산에서 내려가면서 어머니에게 스님의 신통력에 관한 이야기를 들을 수 있었다. 아버지 수술 날짜를 정확히 짚은 사건이 있었기에 어머니의 그런 믿음이 모두 허구라는 생각이 들지는 않았다.

"우리 아들 속이 좁은 것 같아? 엄마가 볼 때는 안 그런데."

"음. 가끔 그런 것 같기도 해요."

길은 미끄러웠다. 조심조심 발을 옮기며 내려왔다. 오랜만에 신선하고 차가운 공기를 마셔서 그런지 기분이 좋았다. 흔들리는 버스에서도 검은 개의 눈길이 나를 따라오는 것처럼 느껴졌다.

검은 개는 고개를 든 채 미동도 없이 나를 관찰하고 있었다

2장

# 그림자

# 1

첫 발령지는 시골 고등학교였다. 시골이라 한가할 줄 알았지만 그렇지 않았다. 보충수업도, 야간 자율학습도 도시 시스템 그대로였다. 정신없이 3월이 지나갔다. 낯선 장소에서 경험하는 모든 것은 새롭고 신선했지만 동시에 스트레스였다. 다행히 마을에 인접한 산과 바다가 지친 마음을 달래주었다.

4월이 되자 인간은 적응하는 존재라는 것을 실감했다. 출근길이 익숙해졌고, 부담스럽던 0교시가 이제는 없으면 뭔가 어색했다. 여유가 생겼고 동기들과 친해질 기회도 만들기 시작했다. 아침저녁으로 아직 추위가 기세를 부리던 주말, 신입 동기들과 함께 프라이드 통닭 몇 마리와 맥주를 사 들고 바다로 향했다.

"샘, 기혼자인 줄 알았어요. 자식이 두 명쯤 있는?"
동기들은 대부분 나를 자식 딸린 유부남인 줄 알았다고 했다. 어이가 없었지만 내색하지 않았다.
"왜요? 대체 어땠길래?"
"아……. 양복도 입었고, 안정감이 있어 보이길래 그런 줄 알았죠."
여자 동기 중 한 명이 미안하다는 듯 말했다. 학교 이야기로 시작해 각자 호구조사를 거쳐 연인이 있는지에 대한 질문으로 흘러갔다. 다들 결혼 적령기여서 뜨거운 화제였다. 동기들 중 연인이 있는 사람은 둘이었다. 선아도 그중 하나였다.

치킨과 맥주 등 준비한 간식을 나눠 먹었다. 늦은 오후의 바다는 아름다웠다. 유명한 해변처럼 화려하지는 않았지만 시원하게 펼쳐진 수평선은 보고 있는 것만으로도 마음을 뻥 뚫어주는 매력이 있었다. 거친 파도 소리를 듣고 있으니 스트레스가 모두 사라지는 것 같았다. 바다를 쳐다보는 동기들의 표정을 보니 다들 나와 비슷한 듯했다. 맥주가 몇 번 돌자 다들 취기가 올랐는지 말이 많아졌고 행동이 커졌다.

선아가 갑자기 바다에 들어가고 싶다는 말을 꺼냈다.

"아직 추울 텐데."

민수가 말했다.

"하하하. 그래. 선아샘. 아직 춥다."

여자 동기들이 바다를 향해 걸어가는 선아를 말렸다. 선아는 신발을 벗고 바다에 발을 담그더니 꺅, 소리를 질렀다. 거친 파도에 놀라 모래에 발이 빠진 모양이었다. 파도는 발목 정도밖에 올라오지 않았지만 선아는 우리를 향해 이러지도 저러지도 못하겠다는 표정을 지었다.

민수가 다가가 손을 내밀었다. 선아는 표정이 장난스럽게 변하면서 민수를 바다로 끌어당겼다. 중심을 잃은 민수는 바다에 풍덩 빠졌고 우아아악 고함을 지르며 빠져나왔다.

"어머! 미안해요! 나도 모르게 장난치고 싶었어."

민수는 홀딱 젖은 채 하얗게 질린 표정으로 웃었다.

마을로 돌아오는 어두운 길을 가로등이 띄엄띄엄 늘어서 비추고 있었다. 우리는 이곳에 발령받아 오기까지 이야기를 나누며 천천히 걸었다. 선아와 민수는 저 멀리 앞서 걷고 있었다. 둘은 그새 친해졌다. 깔깔거리며 서로에게 장난을 치는 모습은 마치 어릴 적 친했던 소꿉친구들이 오랜만에 만난 것처럼 보였다. 둘은 노래에 맞춰 춤을 추더니 총총거리며 우리 앞에서 뛰어다녔다.

금세 벽을 허문 둘의 모습이 신기하면서도 부러웠다.

비가 퍼붓는 여름날 아침이었다. 복도를 쩌렁쩌렁 울리는 고함이 들렸다. 지각생과 복장이 불량한 학생을 지도하는 호랑샘의 호통 소리였다. 멀리 떨어진 교무실 문을 뚫고 그 소리가 들어오는 듯했다.

체육 교사인 호랑샘은 아이들에게 공포의 대상이었다. 바람이 불면 풀이 눕는다고 했던가. 태풍 같은 바람이다 보니 가끔 풀이 뽑히는 일도 있었지만 대부분 학생은 바람이 불면 알아서 누웠다. 마치 엑셀 시트 정렬로 가지런하게 표를 정리한 듯 저 멀리서 호랑샘이 보이면 학생들은 스스로를 정돈하기 시작했다. 짝다리는 정자세로, 세모눈은 동그랗게, 처진 입꼬리는 올라가고, 고개는 내려가며, 양손은 주머니에서 나와 앞으로 포개진다. 교무실에 들어온 호랑샘은 놀란 토끼 눈을 하는 내게 말했다.

"샘, 놀라지 말아요. 나는 샘들은 물거나 해치지 않아요."

"아. 네……. 하하하."

사실 물릴까 봐 조금 무서웠다.


"오늘 비 와서 평소보다 조금 시끄럽죠?"

곰샘이 다가왔다. 기술 담당 교사인 그는 언제나 주변 사람들에게 친절했는데 학생들에게도 예외가 아니었다. 학생들에게 싫은 소리 하는 것을 본 일이 거의 없다. 푸근한 인상에 작은 키, 귀여운 외모로 아이들에게 많은 사랑을 받던 그는 곰돌이 푸라는 애칭으로 불렸다.

곰샘이 아이들을 대하는 것을 보고 있으면 사람이 어떻게 저토록 선하고 다정할 수 있는가를 생각하곤 했다. 아이들과 선생님, 학교에서 마주치는 그 누구에게든 언제나 먼저 미소를 지었다.

곰샘과 호랑샘은 동갑이었고, 나보다 다섯 살 많았다. 둘은 말이 잘 통하고 호흡도 잘 맞았다. 행동력이 강한 호랑샘과 꼼꼼한 성격의 곰샘은 힘을 모아 학교의 크고 작은 행사들을 성공적으로 이끌었다. 어울리지 않는 두 악기가 아름다운 화음으로 협연하는 느낌이 들었다.

"많이 놀랐죠? 우리 같이 커피나 한잔해요."

모닝커피를 마시자며 곰샘이 기술실로 나를 끌고 갔다. 원두를 갈아 내려주는 곰샘 드립 커피 맛은 일품이었다. 이 둘과 많은 밤을 함께하며 술잔과 말을 주고받았다.

비가 많이 내린 그 날도 마찬가지였다. 퇴근 후 우리는 마을에 있는 막걸리집으로 향했다. 술이 적당히 취하자 호랑샘이 말했다.

"서준아. 학교에서 일할 때 중요한 건 다른 게 아니고 학생이다. 컴퍼스 알제? 컴퍼스. 뾰족한 바늘 딱 꽂아가 빙 돌리면 어떻게 돌려도 그 중심으로 원이 그려지잖아. 니가 가진 컴퍼스가 학생한테 가 있으면 학교에서 뭘 해도 잘 될기다. 원이 크건 작건 뭐 그게 중요하나? 애들한테 집중하고 도움 되면 그만이지. 학교에서 일하면 그렇게 해야지. 그렇지 않나? 니는 보니까 컴퍼스가 학생한테 가 있는 거 같더만. 수업 잘하데. 크크크."

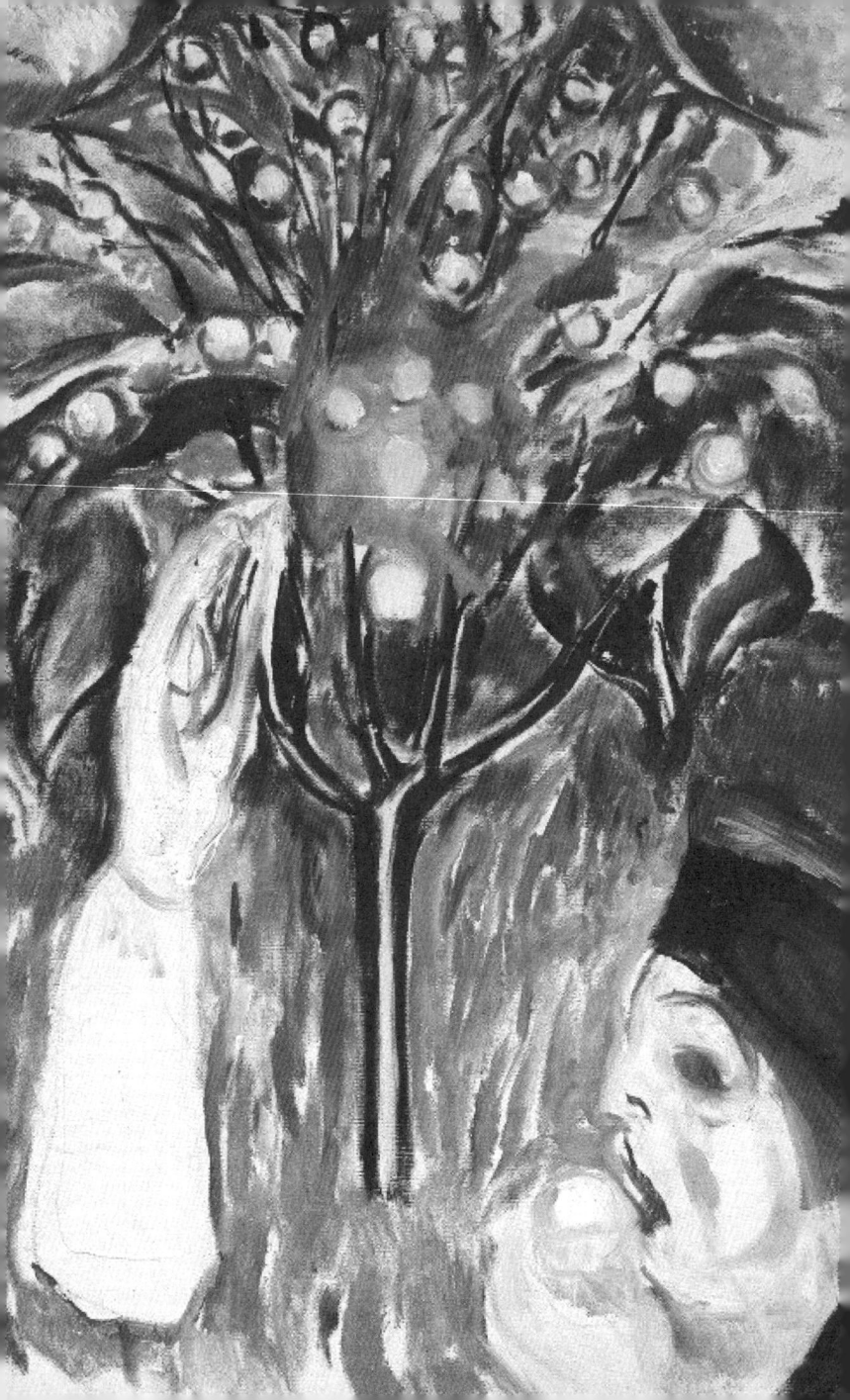

# 3

 만우절 때의 일이다. 평소와 달리 이상하게 수업 시작부터 아이들의 집중력이 좋있다. 점심시간 직전이라 그러려니 생각했다. 5분 정도 지났을까, 귀에 익숙하고 우렁찬 목소리가 교실 뒷자리에서 울렸다.

 "선생님! 담배 한 대 피우고 와도 괜찮겠습니까!"

 호랑샘이 교복을 입고 학생처럼 거기 앉아있었다. 놀란 내 얼굴은 홍당무로 변했고 교실은 웃음바다로 바뀌었다.

 "그때, 진짜 놀랬잖아요."

 곰샘이 안주를 집어 먹으며 말했다.

"동기 중에 좋은 소식 없어요? 다들 솔로 같은데. 여기서 만나서 연애하고 결혼하면 딱이잖아요."

"아직 뭐 잘 모르겠습니다. 몇몇은 예전부터 만나는 사람이 있는 것 같기도 하고요."

"얼른 알아봐요. 여기는 시골이라 할 것도 없고 결국 보이는 게 사람뿐이라 정붙이기도 쉽고, 암튼 그래요."

"하하하. 네. 지금 당장은 수업이 많아서 준비하느라 바빠 죽겠습니다."

호랑샘이 눈을 번뜩이며 말했다.

"니만 수업하나! 선아샘은? 남자친구가 고향에서 공부하고 있다 했나?"

"네. 임용시험 준비한다고 들었어요."

"곧 헤어지겠네."

"네?"

"멀리 있고 자주 못 보면 헤어질 수밖에 없지. 요즘 민수가 선아 옆에서 계속 왔다 갔다 하던데."

"그래요?"

"골키퍼 있다고 골 안 들어가나. 근데 민수는 잘 모르겠다. 둘은 그림이 안 나오는데. 너는 어떻노?"

"아 뭐, 저야. 선아샘이 남자친구 있다고 해서 그런 생각은 애당초 하지 못하죠."

"너랑 좀 어울릴 거 같은데. 너도 귀염상 좋아한다고 했잖아."

"남자친구랑 헤어지면 그때 생각해 볼게요. 하하."

"지랄하네. 막걸리 뭐 먹을래."

선아와 민수가 장난치며 뛰어다니던 모습이 생각났다. 둘이 나란히 서 있는 모습을 상상하니 어쩐지 좀 어울리지는 않는다는 생각도 들었다.

'선생님. 점심시간에 드릴 말씀이 있어요.'

1학기가 끝나기 며칠 전 희정이가 쪽지를 전했다. 희정이는 1학기에 아이들의 따돌림으로 마음고생을 했던 학생이다. 시골 아이들은 어린 시절부터 함께 커왔다. 덕분에 또래 간의 유대는 강했고 서열은 엄격했다. 외부인에 대한 경계가 강해서 전학 오는 학생은 초반에 학교 적응을 버거워했다.

희정이는 어린 시절부터 이 지역에서 자란 토박이임에도 또래끼리의 감정싸움에서 밀린 상태였다. 마침 다른 지역에서 온 전학생이 기존 또래의 경계를 허물고 그들과 섞이기 위해 희정이에 대한 뒷담화에 가세했고 나중에는 대놓고 교실 안에서 희정이를 멸시하기에 이르렀다.

상황을 파악한 후 희정이와 아침저녁으로 상담을 했다. 이후 학교폭력 조사 및 다수의 교사와 상담을 하면서 희정이와 아이들 관계는 어느 정도 회복할 수 있었다. 하지만 희정이에 관한 관심과 상담이 아이들의 눈에 편애로 보였기 때문에 나는 학기 내내 아이들에게 미운털이 박혀버렸다.

"샘……. 사실……."

학교 밖 공터를 찾았다. 나무 그늘이 진하게 드리운 정자에 앉아 이야기를 시작했다. 얼마 걷지도 않았는데 온몸이 땀으로 젖어 들었다. 희정이는 손으로 얼굴을 부채질하며 이야기를 꺼냈는데 내용이 충격이었다. 거북한 말들이 이어졌다.

대화는 금방 끝났고 희정이는 교실로 돌아갔다. 희정이 발길을 따라 눈을 옮기다 보니 첫 학기가 머릿속을 스쳐 지나갔다. 나는 1학년 담임이었지만 편제상 3학년 수업만 배정받았다. 정작 우리 반 아이들을 볼 시간은 하루에 10분 정도에 불과했다. 쉬는 시간이나 점심시간에는 고3 학생들이 줄을 서서 질문을 해왔고 공강 시간엔 수업 준비로 바빴다. 우리 반 아이들을 그나마 길게 볼 시간은 조례, 청소 시간, 종례뿐이었으니 입에서 나오는 소리는 대부분 잔소리였다. 아이들은 서서히 귀를 막고 나를 평가하기 시작했다.

아이들은 잔소리만 늘어놓는 나를 보며 '우리 담임은 우리는 미워하면서 고3 선배들은 좋아한다'는 결론에 이르렀다. 고3 수업만 하다 보니 자연스럽게 그들과 친해졌다. 죽도 잘 맞았기에 서로 애정하는 관계로 빠르게 발전했다. 고3들은 기숙사에서 우리 반 아이들에게 종종 내 칭찬을 하곤 했는데, 이것은 우리 반 아이들의 서운함을 부채질하는 결과를 가져왔다. 아이들이 내게 바라는 관심과 사랑에 대한 욕구와 집착은 빠르게 분노와 미움의 감정으로 바뀌었다.

언젠가 선아가 수업 도중에 울면서 교무실에 들어온 적이 있었다. 우리 반 아이들이 선을 넘어 선아의 감정을 건드리고 말았다. 눈물을 보자 나는 흥분했다. 아이들에게 달려가 선생님께 사과할 것을 지시했다. 아이들은 자기들 말을 듣지도 않고 선생님의 편만 들었다는 이유로 또 한 번 서운해했다.

그때부터 반 분위기를 주도하던 몇몇 아이들은 쉬는 시간이건 점심시간이건 청소 시간이건 나를 험담하기 시작했다.

희정이에게 들었던 험담 중 이런 말이 있었다.

"얘들아! 담임이 우리 학급비 떼먹었대!"

학교는 뜨거운 아스팔트에서 피어오르는 아지랑이들 사이에서 춤을 추는 것처럼 보였다. 희정이가 자리를 떠난 후에도 한동안 나는 인상을 펴지 못했다. 흐르는 땀을 닦으며 생각에 빠져들었다.

'학급비라…….'

# 5

"좋겠네. 가까운 데 이런 곳도 있고. 우리 아들, 복 받았네."

"바다가 보여서 좋아요. 이젠 주변에 바다 없으면 답답해서 못 살 것 같아요."

자연을 좋아하는 어머니는 야트막한 산과 푸른 하늘, 바다가 만들어낸 경치에 감탄했다. 뭉게뭉게 하늘에 피어오른 귀여운 구름과 그 아래 끝없이 밀려오는 파도들. 그런 것들을 보고 있으니 학교에서의 고민은 아무것도 아닌 것처럼 느껴졌다.

'매일 이랬으면 좋겠다. 진짜로.'

즐거운 시간은 왜 그리 빨리 지나가는지. 고개를 돌려보니 해는 도망치듯 산 뒤로 넘어갔고 부모님이 떠날 시간은 금방 돌아왔다. 자취방으로 돌아와 짐을 챙길 때 나는 어머니에게 사과 상자를 돌려주며 말했다.

"사과는 가져가세요."
"왜?"
"반찬이면 충분해요."
"사과 싫어?"
"싫은 건 아닌데……. 딱히 챙겨 먹지도 않고."

실랑이 끝에 어머니는 사과는 살 안 찐다며 그냥 출발했다. 사과 상자를 들고 마당까지 나갔지만 소용없었다. 거실에 덩그러니 놓인 사과들을 보고 있자니 다 먹을 자신이 없었다. 박스를 열어 사과 개수를 세어보았다. 하루에 하나씩 먹어도 한 달 걸릴 양이었다. 언젠가 교무실에 교사들이 둘러앉아 사과를 먹을 때, 하얀 속살의 사과를 신나게 베어 먹던 선아가 떠올랐다.

'저 사과 좋아해요. 별명이 사과순이에요.'
홍조를 띤 채 입을 오물거리는 모습이 귀여웠다.

'연락해도 괜찮을까?'
망설였다. 남자친구가 있는 사람에게 저녁에 연락해서 나오라고 하는 나를 상상하니 뭔가 규칙을 깨는 느낌이 들었다. 더구나 개인적으로 연락해 본 적도 없었다.

'그래도 버리는 것보다는 낫지 않아?'

문자를 보냈다.

- 샘. 사과 먹을래요?

좋다는 답장이 왔고, 그녀 집 앞에서 만나기로 했다. 집에 있던 검은 비닐봉지에 예쁜 녀석들을 골라 대여섯 알 담았다.

달빛이 밝았다.

시골엔 네온사인 대신 달이 밤길을 지킨다. 달은 강렬하지는 않지만 은은하게 온 동네를 비춘다. 밤이 되면 마을의 구석구석 갖가지 것들은 달빛을 이불 삼아 잠들고 길가엔 고양이들만 자리를 지키고 앉아있다. 나는 고양이들을 피해 골목길을 걸어 선아의 집으로 갔다.

집 앞에는 가로등이 하나 있었는데 주변을 환하게 밝히고 있었다. 가로등 조금 떨어진 곳에서 모자를 푹 눌러쓰고 주변을 어슬렁거렸다.

그녀는 주변을 살피더니 나를 발견하고 총총걸음으로 달려왔다. 가로등 가까이 올수록 그녀의 옷과 얼굴이 선명하게 보였다. 자주색 후드티에 스키니진을 입고 흰색 운동화를 신었다. 손을 흔들어 인사했다.

"샘! 웬 사과에요?"

"집에서 주셨어요. 저번에 교무실에서 보니까 샘 사과 좋아하길래."

봉지를 건네받은 선아는 사과 하나를 꺼내 향을 맡았다.

"고마워요. 엄청 커요. 향도 너무 좋다."

마음이 따뜻해졌다.

순간 그녀가 손에 들고 있는 사과를 닮았다고 생각했다. 귀엽고 동그랗고 향이 좋은, 보기만 해도 기분이 좋아지는 그런 사과. 홍조를 띤 얼굴 때문인지 더 사과처럼 보였다.

"먹어보니까 맛있더라고요."

"호호호. 이 밤에 여기까지 와줘서 고마워요."

"고맙긴요. 산책 겸 나왔어요. 부모님이 사과를 한 상자나 가져오셨어요."

"서준샘도 사과 많이 좋아하나 봐요."

나는 능청스럽게 사과를 쳐다보면서 말했다.

"사과는 사랑이죠. 사실 저 집에서 별명이 사과돌이거든요."

돌아오는 길에 선아의 해맑은 웃음이 떠올랐다. 그녀의 남자친구도 생각났다. 괜한 행동을 한 것은 아닐까 하는 생각이 잠시 들었지만, 사과를 썩혀 버리는 것보다 훨씬 나은 것 같았다.

'내일 교무실에도 좀 들고 가야겠다.'

구름을 벗어난 달은 머리 위에서 그림자를 만들었다. 나는 긴 그림자를 따라 천천히 골목길을 걸어 들어갔다.

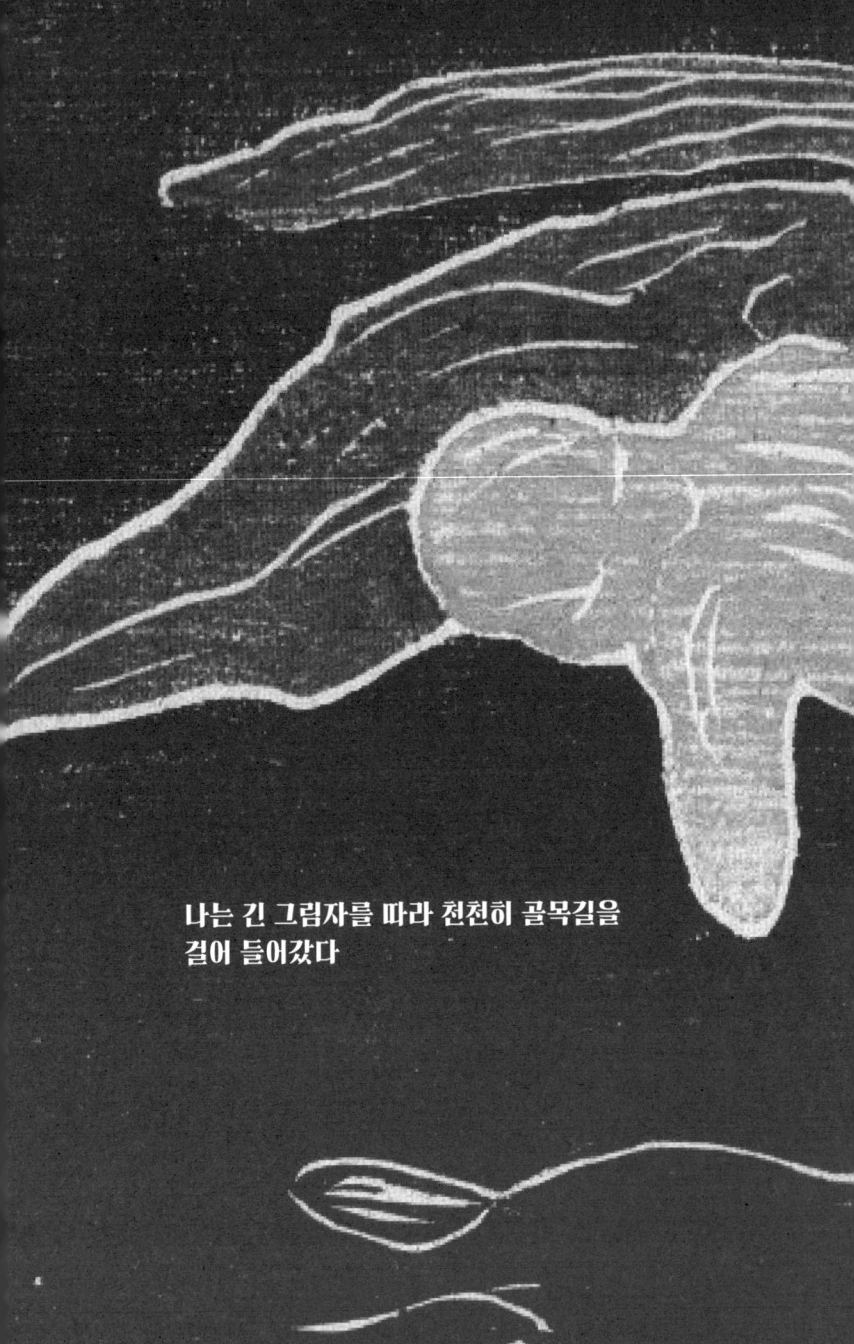

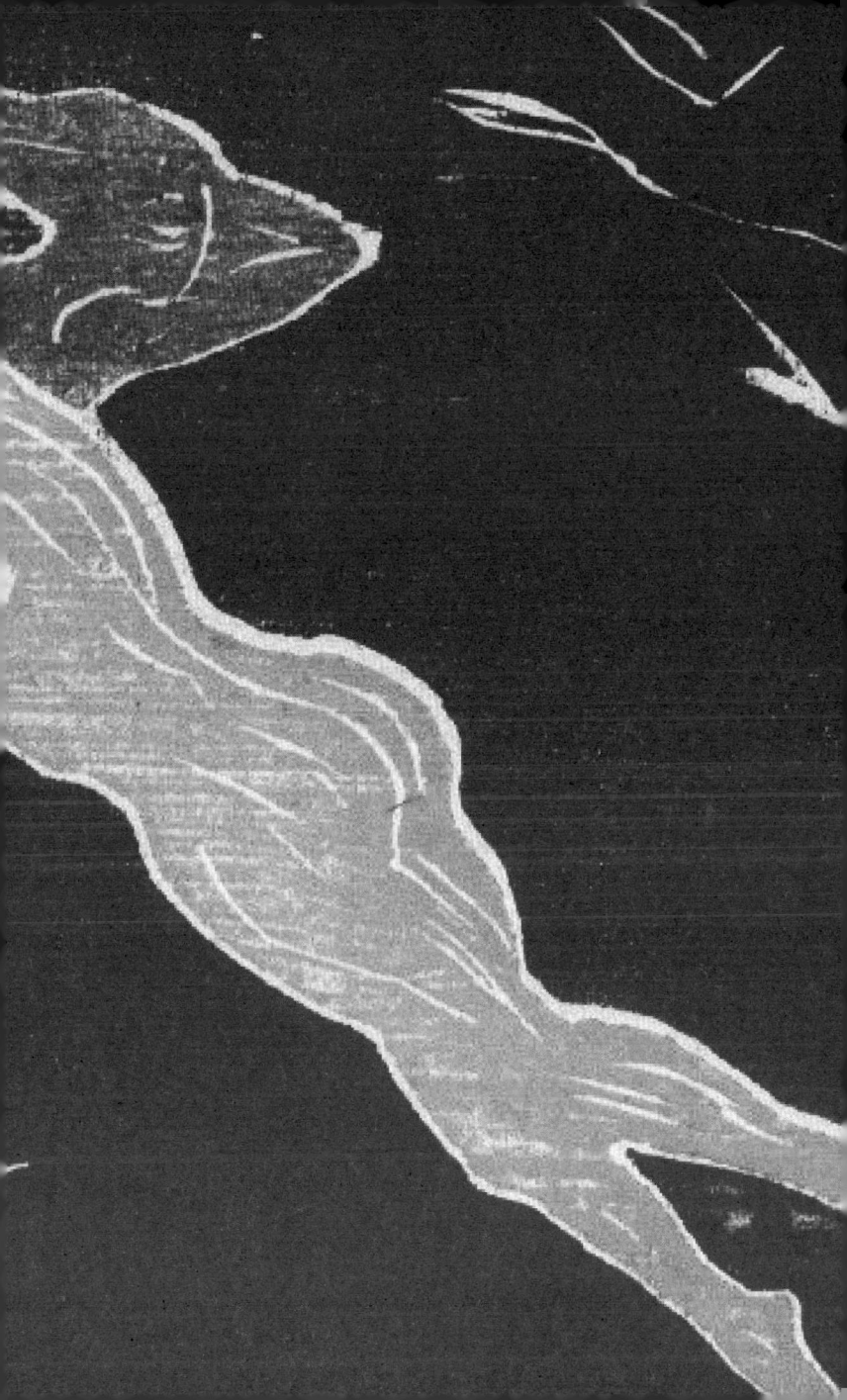

3장

**여행**

## 1

 

2학기를 앞두고 약간 불편한 기분을 느끼고 있었다. 2학기에는 1학년 수업밖에 없었기 때문이다. 그 말은 앞으로 우리 반 아이들을 매일 본다는 의미다. 나를 마음에 들어 하지 않는 학생들에게 억지로 웃으며 다가갈 수 있을지 자신이 없었다.

"아, 그래?"

"네. 어떻게 생각해요?"

호랑샘에게 고민을 털어놓았다. 호랑샘은 팔짱을 끼고 뭔가 생각에 빠진 듯 보였다. 입술을 앞으로 내밀고 고개를 약간 숙이더니 무슨 생각인지 알 수 없는 표정으로 웃었다.

"알아서 잘해봐. 흐흐흐."

나는 덩달아 웃으며 술을 입에 털어 넣었다. 잠시 침묵이 이어졌다. 호랑샘이 고개를 갸웃하며 말했다.

"나는 이제까지 그런 경험이 없어서······. 왜냐면 나를 싫어했다가는······."

"죽으니까?"

"그렇지. 그런데 어째 다 좋아하길 바라겠노. 싫어하는 애도 있고, 좋아하는 애도 있고 다 그렇지 않겠나. 나야 무서우니까 애들이 티를 안 내서 모르지만."

"그렇겠죠."

"반 애들이 사랑이 필요한가 보네. 2학기에는 매일 본다며. 잘해주면 되잖아."

"그렇죠."

"방금 말한 것들만 해도 충분할 것 같은데?"

"어떤 거요?"

"비빔밥 뭐시기랑. 그 뭐야 입시 상담할 거라며."

"해야 할까요?"

"할 거 아이가?"

"······."

호랑샘은 술을 채우며 말했다.

"하기로 마음먹었으면 그냥 해라. 생각 많이 하다가 또 지랄하지 말고."

"……네."

"꽁해 있지 말고."

"아! 내가 뭐 언제 꽁했다고……. 그런 거 아니에요."

"지랄하네. 담배나 피우러 나가자."

'마음이 좁긴 좁은가…….'

스님이 했던 이야기가 떠올랐다.

'그래. 뭐 그럴 수도 있지…….'

# 2

 

아이들을 위해 준비했던 여러 이벤트가 있었다. 1학기에 하고 싶었지만 바빠서 진행하지 못했던 것들인데, 대입 상담과 비빔밥 경연 대회도 이벤트 중 하나였다. 대입 상담은 무기력한 아이들에게 목표 의식을 심어주기 위한 것이었고, 경연 대회는 비빔밥처럼 섞여서 하나가 되어보는 경험을 만들어주고 싶어 준비했다.

아이들 1학기 성적을 기준으로 개별 진로 상담을 했다. 학기 초에 아이들과 상담을 하며 모은 장래희망과 고민거리 등이 적힌 자료를 참고했다. 1학기 내신 성적과 모의고사 성적을 졸업할 때까지 그대로 유지할 경우와 한 단계 올렸을 경우를 비교해 갈 수 있는 대학과 학과를 표로 정리했다. 대학교 모집 요강을 일일이 들여다보며 정리하느라 시간이 오래 걸렸다.

한 명당 많아 봐야 3~4개의 대학정보를 정리하면 다행이었다. 표의 마지막 칸에는 응원의 말도 함께 적었다. 퇴근 시간은 늦어졌고 눈 밑은 점점 검게 물들어갔지만, 자료를 만들면서 아이들의 성향이나 특징을 자세히 떠올릴 수 있어서 좋았다. 아이들은 상담 내내 입을 벌린 채 초롱초롱한 눈으로 종이와 나를 번갈아 보았다.

어떤 아이는 기숙사 책상 위에 상담자료를 붙여놓았더니 선배들이 너무나 부러워했다고 자랑했다. 아이들은 서서히 내게 다가오기 시작했다.

추석 지나고 비빔밥 경연 대회를 열었다. 차례를 지낸 후 집에 남는 반찬과 나물을 활용할 수 있어서 시기적으로도 괜찮았다. 최대한 남녀 학생을 섞고 서로 친하지 않은 친구들로 조를 만들었다.

아이들은 처음엔 조 편성 결과에 비명을 지르며 어색해했다. 짜증과 걱정이 섞인 녀석들의 표정을 애써 무시하고 역할을 분담했다. 아이들이 진지하게 참여하길 바랐기에 약간의 동기유발 장치들을 준비했다.

경연 대회 시간에 공강인 동기들과 교장선생님을 심사위원으로 특별 초대했다. 사비를 털어 상품도 걸었다. 우승팀부터 꼴찌 팀까지 모두 나와 함께 통닭, 과자, 아이스크림 등 맛난 것을 먹으며 시간을 함께 보낼 수 있는 상품이었다.

생각보다 커진 대회 규모에 아이들은 의지를 불태우며 이벤트에 적극적으로 참여했다. 어떤 학생은 일회용 비닐 식탁보를 잔뜩 들고 와서 조별로 나눠주었다. 과자와 라면으로 비빔밥을 화려하게 장식하는 조도 있었다. 비빔밥으로 김밥을 만들거나 심지어 햄버거를 만드는 아이들도 있었다. 심사가 끝난 뒤에는 준비한 음식을 함께 나눠 먹었다. 사진에 찍힌 아이들은 모두 웃고 있었다.

이벤트는 성공적이었다. 호랑샘은 창문 너머로 교실을 들여다보더니 씩 웃으며 엄지를 들어 올렸다.

# 3

 아이들 얼굴이 붉게 물들었다. 저마다 떠드느라 바쁘던 아이들은 문 여는 소리에 내 쪽을 쳐다보았다. 붙임성이 많던 정혜가 몸을 홱 돌리더니 나를 큰 소리로 불러댔다. 평소보다 텐션이 올라간 반 분위기. 평소에 조용하던 아이들 얼굴에도 웃음이 가득한 것을 보니 뭔가 재밌는 일이 생긴 모양이었다.

 교탁 위에 책을 두고 아이들을 바라보았다. 입을 열려는 찰나 정혜가 책상을 쿵쿵 두드리며 나를 불렀다.

 "쌤! 쌤! 쌤!"

 "왜?"

"궁금한 거 있는데. 뭐 물어봐도 돼요?"

"뭔데?"

교실 맨 뒤에 앉아있던 관영이가 답답하다는 듯이 말했다.

"아 진짜, 김정혜. 그렇게 물어보면 안 되지!"

"아라따 아라따!"

정혜는 등을 홱 돌려 째려본 다음 뭔가 기대하는 눈빛으로 말을 이었다.

"쌤! 우리 학교 여쌤들 중에 누가 제일 예뻐요?"

"……"

책을 펼쳤다. 뒤돌아 칠판에 수업 제목을 적고 다시 돌아 아이들을 보았다. 아이들은 정말 놀란 표정으로 나를 보았다.

"쌤. 얼굴 완전 빨개요."

미정이가 얄궂은 표정을 지었다. 녹색 칠판 옆, 빨개진 내 얼굴. 얼굴이 점점 뜨거워졌다. 아이들은 하이에나가 먹이를 노리는 듯한 눈빛이었다. 좁은 교단에서 도망갈 곳은 없었다. 평소에 아이들은 결혼 적령기에 접어든 내 연애사에 호기심을 강하게 보이던 차였다. 하도 사랑 이야기를 해달라기에 첫사랑 이야기를 예쁘게 포장해 들려줬더니 그 이후로는 온통 나만 보면 연애나 결혼 이야기를 꺼내는 것이 아닌가. 일부러 다음부터는 그런 분위기를 만들지 않았다. 이날은 왠지 잘못 걸린 느낌이었다.

호흡을 가다듬으며 말을 꺼냈다.

"다들 아름다우시지."

정혜 입꼬리가 올라갔다.

"쌤! 선아샘이랑 사귀죠?!"

"무슨 소리야. 아니야."

"에. 아니긴! 다 알거든요!"

아이들은 이미 선아 수업 시간에 남자 선생님 중 누가 잘 생겼냐고 물었고 선아는 나와 다른 선생님을 함께 말한 모양이었다. 아이들은 집요했다. 아이들은 그중 누가 더 듬직하냐고 물었더니 그제야 선아는 당황했다. 얼굴이 빨개지며 뭘 그런 것을 묻느냐고 했다.

아이들은 물러서지 않고 우리 담임이 어떠냐고 물었다. 아이들이 뭘 목격한 상황이 아니라는 것을 확인하니 일단, 마음이 편해졌다.

"샘들은. 그냥. 다. 친구야. 저스트 프렌드."

미정이가 말했다.

"선아샘이 샘 든든해서 좋다고 했어요!"

"드은든! 든든! 드은든! 든든!"

아이들은 다시 소란에 휩싸였다. 몇몇 아이들은 내가 입을 열 때마다 오, 오를 남발하며 심기를 어지럽혔다. 상기된 분위기를 잠재우기 위해 주먹을 쥐었다 폈다 하며 손사래를 쳤지만 역부족이었다. 나는 억울하다는 듯 말했다.

"정말 샘들은 진짜 친구일 뿐이야."

"샘은 오빠잖아요. 그리고 맨날 선아샘이랑 같이 밥 먹고 둘이 산책하잖아요."

정혜가 집요하게 말했다.

"우연히 그럴 때 봤겠지. 오바하지마라. 맨날 아니거든."

"그짓말! 저번에 운동장에서 다른 샘들 다 들어가는데 둘만 따로 계속 걸어가던 거 봤거든요."

"둘 다 점심 먹고 배불러서 그렇게 된 거겠지."

"저번에 바람 많이 불 때. 샘이 바람 막아주려고 선아샘 뒤에 서 있는 거 다 봤거든요."

"야! 그건 어쩌다 보니 그런 거겠지."

"샘. 선아샘이 싫어요?"

"아니."

"그럼 좋아해요?"

"야. 무슨 질문이 그러냐!"

"또 얼굴 빨개진다. 또 얼굴 빨개진다."

겨우 수업을 마치고 복도로 나왔다. 평소보다 몇 배는 힘든 수업이었다. 긴 숨을 내쉬며 복도를 걸었다. 반대편에 선아가 걸어오는 것이 보였다. 가볍게 눈인사를 하고 지나갈 때 정혜가 했던 말이 떠올랐다.

"그럼 아무 사이도 아닌데 왜 그렇게 얼굴이 빨개져요?"

- 부재중 전화 1통

대학 동아리 후배였던 정아는 서울에서 교사로 일했다. 종종 연락은 했지만 발령받은 이후 연락이 뜸했었다. 반가운 마음에 전화를 걸었다.

"아는 언니가 오빠네 근처에서 근무하더라고. 간 김에 오빠도 보고 싶어. 시간 괜찮아?"

"나야 좋지. 그래도 여기까지는 멀 텐데. 버스가 있으려나?"

"괜찮아. 오빠. 천천히 갈게."

"아. 근데 갑자기 무슨 일이야? 평일인데 올 수 있어?"

정아는 휴직 중이었다. 지인들 거처를 중심으로 재충전 여행을 계획하고 있었다. 오랜만에 누군가 멀리서 찾아온다는 사실에 기분이 좋았다.

"근데 여기 시골이라 대접할 게 별로……."

"괜찮아, 오빠."

"여기 카페도 없어. 다방뿐이야."

"으이구. 걱정 마. 소개팅도 아닌데 왜 그래."

한껏 들떴다. 조퇴를 낸 것도 처음이었고, 누군가 나를 보러 온 것도 처음이다. 생각해 보니 정아와 단둘이 만나는 것도 처음이었다. 정아는 이미 도착했을 것이다. 나는 수업 마치는 종이 울리기만 기다리고 있었다.


또각. 또각. 또각. 또각.

낯선 구두 소리. 학교에서 한 번도 들어본 적이 없는 발걸음 소리였다. 교실 앞문으로 구두 소리가 점점 더 크게 들려왔다. 아이들의 시선도 낯선 소리를 향해 움직였다. 불투명한 복도 창문으로 실루엣이 보였다. 정아였다.

"오빠. 나 왔어."

오똑한 콧날에 작은 얼굴, 늘씬한 팔다리, 키는 작지만 굴곡진 훌륭한 비율의 몸매. 항상 웃는 얼굴에 맑고 큰 눈과 별처럼 빛나는 눈동자. 대학 시절 정아가 발표를 하면 쉬는 시간엔 남학생들이 술렁대며 정아에 대해 이야기하곤 했다.

정아의 귀여운 목소리와 부산 사투리, 애교 섞인 행동은 일부러 꾸며내는 아름다움과는 거리가 멀었다. 타고난 자연스러움 그 자체였다. 내추럴 본. 그냥 사랑스럽게 태어났다고 해야 하는 게 맞겠다. 어떤 동아리 여자 선배는 술에 취해 정아에게 이렇게 말했다고 했다.

"정아야…… (딸꾹) 나 소원이 있다?"

"뭔데요?"

정아가 조심스럽게 물었다.

"다시 태어나면 너로 살아보고 싶어."

교실 앞문으로 깜짝 등장한 정아는 대학교 시절 그대로였다.

"수업 끝나려면 멀었지? 끝나고 천천히 나와."

몸매가 드러나는 꽃무늬 H형 치마에 흰색 블라우스. 아이들은 세련된 도시 여성의 등장에 시선을 떼지 못했다. 정아가 내게 애교 있는 목소리와 눈웃음을 보이자 아이들은 놀라서 어쩔 줄을 몰라 했다. 몇몇은 입을 벌리고 손을 머리에 얹은 채 자리에서 벌떡 일어났다. 학교에 찾아올 것이라고는 예상 못 했다. 갑작스러운 정아의 등장에 당황했지만 기분이 좋기도 했다.

정아가 사라진 후 아이들을 보았다. 모두 하이에나 눈으로 변해 있었다. 너나 할 것 없이 누구냐고 물어댔고 나는 해명하느라 바빴다. 정혜는 충격을 받은 모양이었다.

"쌤! 여자친구예요?"

"쌤! 결혼한 거예요?"

여자친구냐 사실 결혼한 것이었냐는 추궁까지 아이들은 질문을 쏟아냈다. 종이 울리자 도망치듯 교실을 빠져나와 교무실로 향했다. 밖에서 기다릴 정아를 생각하니 발걸음이 바빴다.

교무실 문을 열고 들어가니 문 바로 앞에 호랑샘과 곰샘이 있었다. 호랑샘은 입을 벌린 채 망부석처럼 한곳을 응시하고 있었다. 뒤에 있는 나를 알아채고 콧구멍을 벌름벌름하며 미소지었다.

"와……. 니…….."

"샘, 누구예요?"

곰샘도 눈을 동그랗게 뜨고 나를 쳐다봤다. 그들이 가리키는 방향을 보니 이번에는 내가 아찔해졌다. 정아가 교무실 한복판에 있는 소파에 앉아 교장선생님, 교감선생님과 커피를 마시며 하하 호호 웃고 있지 않은가! 정아는 나를 발견하고 손을 살며시 들며 미소를 지었다. 교감선생님이 큰 소리로 말했다.

"아니, 서준선생님. 이렇게 예쁜 처자를 숨겨두고 있었습니까."

"아……. 아뇨. 그게…….."

동기들도 모두 미어캣처럼 고개를 쳐들고 보고 있었다. 식은땀이 흘렀다. 정아가 말했다.

"우리 오빠 잘 부탁드려요. 교감선생님."

"아이고. 아닙니다. 우리 서준선생님 제가 더 잘 부탁드립니다. 고맙습니다. 이렇게 맛있는 간식도 사 오시고."

"감사합니다. 그럼 저는 이만 가보겠습니다. 커피 주셔서 정말 감사해요."

호랑샘과 곰샘은 엄지손가락을 펼쳐 보였다. 어떻게 설명해야 할지 몰라 머리가 복잡했다. 시끌시끌한 교무실을 뒤로하고 황급히 복도로 나왔다. 마침 복도에 동기들이 있었다. 선아가 말했다.

"뭐야. 서준. 엄청 예쁜 여자친구를 숨겨뒀었네. 호호호."

"아니 그게……."

"잘 해봐요. 호호."

만남의 시간은 짧았다. 정아는 시골의 아름다운 해 질 녘 풍경과 여유로움에 감탄을 연발했고 떠나는 것을 아쉬워했다. 터미널에서 버스를 기다릴 때 정아가 물었다.

"오빠, 오늘 놀랐어?"

"조금? 교무실까지 올 줄은 몰랐지. 야, 덕분에 나 이제 여기서 장가 다 갔다."

"아니야. 오빠 나중에 나한테 고마워할걸."

"응?"

"날 봤으니 이제 오빠한테 관심 있던 샘들이 긴장 좀 할 거야. 곧 신호가 올걸?"

정아를 보내고 돌아오는 길에 반 아이들을 마주쳤다. 녀석들은 나를 보며 요상한 몸짓과 표정으로 '오오.'를 연발했다. 나는 웃으며 천천히 다가가 재빠르게 꿀밤을 날렸다.

# 5

삼겹살 냄새가 구수했다. 텃밭에서 따온 상추와 깻잎, 오이는 싱싱했다. 어머니는 얼마 전 밭에서 고라니를 마주쳤다며 걱정했다. 고라니가 밭에 들어와 오이를 마구 따먹고 있는 것을 목격했던 것이다. 허수아비 하나 없는 우리 텃밭은 고라니에겐 뷔페였을까? 어머니는 평화주의자였지만 전기 철조망 같은 것을 이야기했고 아버지는 어림도 없다며 피식피식 비웃었다.

오랜만에 가족들과 함께 먹는 집밥에 나는 식욕을 주체하지 못했다. 폭풍 같은 식사를 마치고 나는 숨도 제대로 쉬지 못하며 힘들어했다. 동생이 말했다.

"산모님. 몇 개월이세요?"

"까불지 마라. 진짜."

동생은 동사무소 업무에 잘 적응했고, 하는 일에 만족하고 있었다. 매일 아침 자리에 앉을 때 양팔 벌리고 책상에 뽀뽀하며 안아준다고 했다. 꼰대 같은 선임이 있지만 자주 마주치지 않아서 다행이라고 했다.

식사를 마치고 동생과 함께 음식물 쓰레기 버리는 곳에 도착했다. 동생이 쓰레기를 버리려는 순간 뒤에서 오른쪽 무릎으로 동생의 왼쪽 무릎 뒤쪽을 살짝 찧었다. 그러자 동생은 몸을 휘청하더니 음식물 쓰레기를 흘릴 뻔했다.

"아! 씨……. 야!"

나는 아쉽다는 표정을 지으며 어깨를 으쓱했다. 동생은 나를 잡으러 뛰어왔고 몸이 무거운 나는 금방 잡혀 엉덩이를 발로 한 대 맞았다. 뒤돌아 헤드록을 걸었다. 동생과 내 웃음소리가 조용한 골목을 채웠다. 가로등 아래에서 나는 항복을 외쳤고 우리는 다시 집으로 향했다. 동생이 뒤를 돌아보더니 속삭이며 말했다.

"오빠. 저 뒤에. 누가 계속 쳐다봐."

낯익은 실루엣이 보였다. 호랑샘이었다. 건장한 체구에 회색 트레이닝복과 검정 뉴에라 모자를 쓴 호랑샘은 학생 인솔 출장을 다녀오는 길인 것 같았다. 나는 멀리서 인사를 했고 호랑샘은 오른손을 흔들었다. 얼굴은 잘 보이지 않지만, 얼굴에 약간 하얀 것이 비치는 것을 보니 웃고 있는 것이 분명했다.

"안녕하세요."

동생은 새초롬하니 인사를 하고 어두운 골목길로 도망치듯 들어갔다. 나는 호랑샘에게 다가가 어디 다녀오느냐고 물어보았다. 호랑샘은 대답 대신 감탄하는 표정으로 엄지손가락을 펼쳤다.

"아. 오해에요. 동생……."

"캬!"

"아니! 친동생!"

"다들 그렇게 말하곤 하지. 내일 봐아."

# 6

 상담을 하며 한 명씩 눈을 마주치고 대화를 나누다 보면 마음을 열리는 것이 보인다. 아이들은 그들의 세계로 나를 조심스레 데려갔고 나는 그 안에서 소중한 생각과 감정들을 느낄 수 있었다. 수업 시간에는 파악하기 어려웠던 아이들 모습을 알아가는 것이 좋았다.

 상담은 짧게는 10분 길게는 2시간까지 이어지곤 했다. 어떤 아이들은 침을 튀겨가며 이야기하느라 정신이 없었다. 어떤 아이들은 눈을 마주치지 못하다가 상담이 끝날 무렵엔 수줍게 웃으며 돌아갔다.

여학생 중에는 간혹 우는 아이들도 있었다. 가정문제, 이성 문제, 친구 문제, 학업 문제. 아이들 마음은 미로 같았다. 나는 최대한 이야기를 많이 들어주려 노력했다. 들어만 주어도 알아서 미로를 빠져나올 수 있을 것이라 믿었기 때문이다.

상담이 한 바퀴 돌면서 반 분위기가 안정적으로 변했다. 나와 아이들 사이를 막고 있던 잘 보이지 않던 두텁고 투명한 벽이 점점 녹아내리고 있음을 확신했다. 교실에서 웃음소리가 커지기 시작했고, 선생님들 사이에서 우리 반에 대한 칭찬이 늘어나고 있었다.

'오늘은, 이 녀석…….'

관영이와 상담을 하기로 한 날이었다. 관영이는 학급 실장 역할을 잘 해내려고 했지만, 허세와 신뢰 가지 않는 모습으로 아이들이 불편해하는 부분도 있었다. 1학기에 내 나쁜 소문을 관영이가 앞장서서 퍼뜨리고 다녔는데 2학기엔 조용히 지내는 편이었다.

교실 중앙 맨 뒷자리. 관영이 자리에서 의자를 빼 앉았다. 뒤로 몸을 기대 팔짱을 끼고 눈을 감았다. 무엇을 주제로 이야기해볼까? 어떤 대화를 나눌 수 있을까? 할 말을 생각하는데 관영이가 도착했다. 교실로 성큼성큼 걸어들어온 관영이는 교실 불을 켰다. 자기 자리에 앉아있는 나를 보더니 흠칫하며 인사했다.

"안녕하세요."

"그래. 일찍 왔네."

예상대로 관영이는 내 눈을 제대로 마주치지 못했다. 반에서 활발하게 웃고 떠들던 모습과는 다른 분위기였다.

"뭐 더 할 말 없나?"

"네."

"그래. 불편한 거 있으면 말해. 참고 있지 말고. 알았지?"

"네."

어색한 침묵. 마지막으로 무슨 말을 어떻게 꺼내야 할지 잠시 고민했다. 해야 하나? 말아야 하나? 속으로 할 말을 되뇌어보니 결국 잔소리 같았다. 나는 조용히 긴 숨을 내쉬며 오른손으로 고개를 약간 숙인 채 앉아있는 관영이의 정수리를 천천히 쓰다듬었다.

"상담 끝. 집에 가봐."

"선생님은 안 가세요?"

교실 뒷문을 나가던 관영이는 자리에 앉아있는 나를 보며 말했다.

"응. 생각할 게 좀 있어."

"쌤."

관영이는 교실을 나가려다가 뒤돌아보며 말했다.

"응?"

"그……. 치킨은 언제 먹으러 가요?"

관영이네 조는 비빔밥 만들기 대회에서 1등을 했다. 상으로 나와 치킨을 먹는 기회를 얻었다.

"왜? 빨리 가고 싶어?"

"애들이 빨리 가고 싶대요."

계단을 내려가는 관영이의 발소리가 가볍게 느껴졌다. 나는 한동안 관영이 의자에 앉아 물끄러미 앞을 보았다. 빈 교실에 혼자 앉아있어 보니 칠판이 생각보다 큼직했다.

# 7

 새로 부임한 교장선생님을 환영하는 회식겸 친목회가 열렸다. 나와 동기들은 장기 자랑으로 노래를 준비했고 모두 즐거워했다. 교장선생님의 자기소개가 끝나자 불판 위에서 고기들이 구수한 냄새를 피우며 익어갔다. 부서별로 앉아있던 자리는 술이 몇 병 돌아가면서 자연스럽게 섞였다. 평소 친했던 사람들, 또는 친해지고 싶었던 사람들과 어울려 술을 먹다 보면 어색함은 금방 사라졌다.

 떠들썩한 회식 자리를 동분서주하며 분주히 오가는 사람이 있었다. 호랑샘은 왼손에 술병을, 오른손엔 술잔을 들고 이 테이블과 저 테이블 사이를 오가며 헤헤헤 기분 좋은 웃음을 짓게 했다. 술로 마술을 부리는 듯, 그가 다녀가면 사람들은 모두 탐스러운 복숭아마냥 분홍빛으로 변했다.

화장실에 다녀오니 동기들이 구석 자리에 모여 있었다. 그 사이로 파고들어 앉았다. 4월 이후 각자 일이 바빠 모일 기회가 없었다. 서로 신변에 대해 궁금해하며 이야기를 나눴다. 이야기의 주제가 내 신변으로 왔을 때 동기들은 정아에 대해 이야기하기 시작했다. 어디선가 봤던 하이에나의 눈빛으로.

"샘! 얼마 전 교무실에 찾아온 사람은 누구예요?"

"와, 진짜 이쁘던데."

"진짜 아무 사이도 아니에요?"

"샘 사귀는 사이 아니면 나 소개해 주면 안 돼요?"

해명하느라 바빴다.

"그 대학교 동아리……."

"그쵸, 예쁘죠."

"그럼요. 아무 사이 아닙니다."

"응? 그러고 싶은데 거리가 너무 멀어가지고."

진땀이 흘렀다. 등 뒤에서 누군가 오른쪽 어깨에 손을 올렸다. 호랑샘과 곰샘이 서 있었다. 호랑샘은 동기들 사이에 자리를 잡고 앉으며 말했다.

"얌전한 고양이 부뚜막 먼저 올라간다카드만. 서준샘 완전 능력자야! 올라가는 정도가 아니라 아주 부뚜막을 혼자 다 부수고 다니던데."

"왜요? 무슨 일 있었어요?"

"얼마 전에 애들 데리고 출장 갔다 돌아오는데. 저번에 학교로 찾아온 그분 말고, 다른 여자랑 같이 있더라고."

호랑샘은 취기에 몸짓을 섞어 말하기 시작했다.

"친동생입니다."

나는 물로 목을 축였다.

"야! 음식물 쓰레기를 같이 버릴 정도면 이거 진짜 엄청난 사이 아니가?"

"친동생인데요."

"막 가로등 밑에서 안고 그러던데!"

"아 그건. 동생이랑 장난치느라……."

"그래. 처음에 걸리면 다들 친동생이라고 둘러대곤 하지. 뭘 숨기노! 괜찮다!"

교장선생님은 부장샘들 호위를 받으며 집으로 실려 갔다. 내일은 늦게 출근하고 싶다는 우스갯소리를 나누며 동기들과 함께 걸어서 집으로 향했다. 편의점이 보였다. 술을 깨는 데는 아이스크림이 제일이다. 차가운 기운이 입안 가득 퍼지자 정신이 퍼뜩 들었다.

동기들은 같은 빌라에 살았고 나만 조금 멀리 떨어진 곳에 살았다. 다들 헤어지기 아쉬워했지만 늦은 시간에 딱히 갈만한 곳은 없었다. 동기들을 보내고 집으로 걸어가기 시작했다. 사방은 고요한 가운데 하늘에는 구름이 많았다. 멀리 구름 사이로 보이는 눈썹달을 친구 삼아 걸었다.

집으로 가는 길에 마트가 보였다. 나는 방앗간을 못 지나는 참새처럼 마트로 쪼르르 들어가 붕어싸만코를 집었다. 뒤에서 귀에 익은 목소리가 들렸다.

"샘."

선아가 거기 있었다. 선아는 과일과 우유를 나눠 아이스크림을 샀다. 아이스크림을 반으로 나눠 선아에게 건넸다. 빌라에 도착할 무렵 선아는 데려다줘서 고맙다고 인사했다.

"서준샘은 좋겠네. 찾아오는 친구들도 많고."

"어휴. 많기는. 나 친구 없어요. 공부하면서 연락도 거의 끊기고, 그나마 연락되는 친구들도 자기 일 바쁘니까 연락 잘 안 돼."

"얼마 전에 예쁜 친구 찾아왔잖아요. 호호호. 근데 진짜 아무 사이도 아니에요? 여기까지 올 정도면."

"아무 사이도 아니에요. 그냥 여기 근처에 여행 왔다가 얼굴 보려고 잠시 들른 거예요. 나보다는 선아샘이 친구 많을 것 같은데.

아이들에게 인기도 많고."

"나 친구 별로 없어요."

가느다란 목소리에서 외로움이 느껴졌다. 나는 아이스크림을 크게 베어 물었고 장난기 있는 표정과 목소리로 말했다.

"괜찮아! 동기들이 있잖아요. 우리가 선아샘 친구가 되어 줄게요."

# 8

"샘. 오늘은 가요?"

"못 갈 것 같아요. 저녁에 상담이 있어서. 혹시 일찍 마치면 갈 게요."

선아와 나는 요가클래스에 다니고 있었다. 마을회관에서는 요가 외에도 기타, 목공, 캘리그래피, 라인댄스 등의 수업이 열렸다. 요가는 삶의 낙이었다. 화요일과 목요일 저녁 열리는 모임에 가급적 빠지지 않으려고 했지만, 상담을 하느라 일주일에 한 번 가기도 힘들었다. 선아는 힘내라는 말을 남기고 회관으로 떠났다.

'오늘은…… 이 녀석.'

상담이 생각보다 빨리 끝났다. 시계를 보니 지금 출발하면 수업에 맞춰 도착할 시간이었다. 운동복으로 갈아입고 빠른 걸음으로 회관을 향했다. 수강생 90%는 학부모였다.

처음 댄스실 문을 열었을 때 그곳을 가득 채운 학부모들을 보고 얼마나 놀랐는지 모른다. 남자는 나뿐이었다. 민망해서 그만둘까 생각했지만 오랜만에 잡은 문화생활을 놓치기 싫었다. 시선처리에 따른 민망함도 피하고 선생님의 자세도 자세히 관찰할 겸 나는 맨 앞줄에 앉았다. 자세에 따라 혹시나 엉덩이골이 보일까 봐 허리띠를 꽉 묶었다.

"안녕하세요. 어머님."
"안녕하세요. 선생님. 오랜만에 나오셨네요."

댄스실 문을 열고 들어가 허리를 90도로 굽히며 여기저기 인사를 했다. 어머니들은 호호호 웃으며 내게 인사를 건넸다. 전면 거울로 맨 앞줄에 앉아있는 선아가 보였다. 몸을 풀고 있다가 나를 발견하고 손을 들어 인사했다.

선아 뒤로는 어머니들이 자리를 모두 차지해 나는 결국 맨 뒷자리에 겨우 요가 매트를 펼 수 있었다. 앉아서 스트레칭을 시작하려는 찰나 댄스실 문이 열리며 수업 관계자가 들어왔다.

"오늘 요가 수업은 힘들 것 같습니다."

강사가 몰고 오던 차가 도로 위에서 그만 퍼져버렸다고 했다.

겨울이 점점 가까워지는 듯, 해는 달에게 자리를 빨리 내주었다. 밤바람은 그다지 강하지 않아서 춥지는 않았지만, 땅에서 올라오는 한기를 무시했다간 감기에 걸리기 쉬운 날씨였다.

풀벌레 소리는 사라진 지 오래고, 새들도 저녁에는 날지 않았다. 검은 하늘은 텅 비어있었다. 반짝이는 네온사인이 없으면 마을이 정지한 것처럼 보였을 것이다. 선아는 입김을 호호 손에 불며 걸었다. 추워 보였다.

"아메리카노? 테이크아웃?"

근처에 있는 마을의 유일한 카페에 들러 따뜻한 아메리카노 두 잔을 테이크아웃했다. 종이컵을 통해 온기가 손가락과 팔, 어깨를 넘어 등줄기로 퍼졌다. 커피를 두 손으로 쥐고 선아에게 말했다.

"오늘 요가는 글렀고. 운동 삼아 조금만 걸을까요?"

"응. 그래요."

"추우니까 많이는 말고. 바닷가만 찍고 옵시다. 그럼 딱 운동 되겠다."


걷는 내내 선아는 별로 말이 없었다. 시답지 않은 내 말에 반응해 주고는 있었지만, 정신은 다른 데 있어 보였다. 잔에 꽂힌 빨대를 쪽 빨았다. 뜨거운 음료가 혀와 입천장을 때렸다.

"우웩! 퉤퉤퉤."

"아이고. 뜨거운 음료를 빨대로 들이키면 어떡해요."

"아 흐. 후우."

"뚜껑 열고 천천히 마셔요."

혀로 입천장을 긁어보니 벗겨진 모양이다. 입을 둥글게 오므리고 '후~후~' 하며 입에 차가운 공기를 넣었다. 걱정스러운 눈빛으로 나를 쳐다보는 선아에게 물었다.

"아, 뜨거워라. 근데 요즘 얼굴이 왜 그래요?"

"얼굴이 왜요?"

"무슨 걱정거리 있는 것 같아. 애들이 말을 안 들어요?"

"별일 아니에요. 그냥. 시험도 다가오고 해서."

"시험? 아, 남자친구 시험?"

"응."

"이번에 어떨 거 같대요?"

"자신 없는 것 같아요. 많이 뽑지도 않고."

"뭐 잘하겠지. 나 같은 사람도 붙는데."

"에이. 샘은 잘하는 사람이잖아요."

"잘하긴요. 운이 좋았을 뿐이에요. 남자친구는 공부를 열심히 한대요?"

"글쎄. 그다지 열심히 하는 것 같지는 같아요."

"하. 왜 그럴까. 난 선아 같은 여자친구 있으면 목숨 걸고 공부할 것 같은데."

선아는 입술을 삐죽 내밀었다. 나는 커피 뚜껑을 열었다.

"얼마나 만났어요?"

"4년 정도?"

"오래되었네요. 그럼 임용 준비할 때 함께 했겠다."

"맞아요. 공부할 때 남자친구가 많이 챙겨줬어요. 자기도 시험 쳐야 하는데 자기 공부보다 내 스케줄에 더 신경 썼던 것 같아요."

민희가 떠올랐다. 함께 공부하던 시절 나도 민희의 공부 스케줄에 신경을 많이 썼다. 가까이 있으면서 서로 의지하고, 함께 웃었던 옛일이 스쳐 지나갔다.

"걱정 마요. 올해는 잘 될 거예요."

"그렇겠죠. 참, 서준샘 소개팅할래요?"

"소개팅? 이 시골에 아는 사람이 있어요?"

"여기 말고, 고향에 친구가 있어요. 너무 먼가?"

잠시 뜸을 들였다.

"좋아요. 소개해 주세요."

선아가 내 얼굴을 보며 웃었다. 나는 장난기를 섞어 말했다.

"선아샘처럼 괜찮은 사람이면."

# 9

딩~동~댕~.

쉬는 시간 종이 울렸다. 멀리서 복도를 질주하는 발소리가 들려왔다. 교무실 문을 벌컥 열고 복도로 나갔다.

"누가 복도에서 뛰……."

"선생님!"

한 무리의 질주가 눈앞에서 펼쳐지고 있었다. 예닐곱의 여학생들이 경박스러운 쿵쾅거림과 함께 교무실로 힘차게 달려오고 있었다. 몇몇은 속도를 이기지 못해 내게 부딪혔다. 아이들은 내 타박에도 기죽지 않은 채 신난다는 표정으로 서 있었다. 정혜가 하이톤 웃음소리를 내더니 내 팔을 잡아 흔들며 말했다.

"쌤! 쌤! 쌤이 가요?"

"목소리! 좀! 낮추고 말해라. 샘들 계신다."

"아. 맨날 나한테만 뭐라 그래요. 빨리요. 빨리 말해주세요."

뒤에 선 아이들은 잔뜩 기대하는 눈치였다. 아이들이 신나할 줄은 알았지만, 이 정도로 좋아할 줄 몰랐다. 골려주려는 마음에 연기를 시작했다.

"글쎄. 생각 중이야."

"거짓말! 선아샘이 쌤한테 부탁한다 했거든요."

정혜는 왜 이러냐는 표정으로 말했다.

"부탁만 한 거지."

"쌤은 선아샘 좋아하니까 갈 거잖아요."

"아 또! 그만해. 화낸다."

"으흐흐. 알았어요. 근데 싫어하지는 않잖아요!"

더 끌었다가는 내가 당하는 수가 있다.

"그래, 가기로 했다."

"오 예! 샘, 나중에 안 가고 그러는 거 없기! 거짓말하면 나쁜 사~람."

정혜와 아이들은 복도를 달려 반으로 돌아갔다.


선아는 독서 동아리를 맡고 있었다.

다양한 프로그램은 아이들에게 새롭고 특별한 경험이었다. 저녁에 모여 함께 돌아가며 책을 소리 내어 읽거나, 캘리그래피를 활용하여 인상 깊은 구절을 종이에 옮겨 서로에게 선물하는 등 아이들이 책에 흥미를 느낄 수 있는 활동이 많았다. 덕분에 이 동아리는 댄스동아리에 버금갈 만큼 인기가 좋았다. 선아는 가끔 행사가 커져 손이 부족하면 내게 도움을 청했다.

2학기 중간고사 후 공강 시간에 그녀는 내 자리로 오더니 대뜸 종이를 내밀었다. <독서 여행>이라는 제목의 종이 묶음이었다. 약간 미안한 듯하면서도 호탕하게 웃으며 말했다.

"호호호. 서준. 갑시다."

"음? 이게 뭐예요? 어딜 가요?"

"부산."

혼자서는 할 수 없는 일이 있다. <독서 여행>이 그런 종류였다. 물론 억당반 본다면야 혼자서도 충분히 할 수 있었지만, 문제는 다른 데 있었다. 독서동아리는 거의 여학생이었는데 남학생이 딱 한 명 있었다. 여학생들만 있다면 어디로 여행을 가든 혼자 인솔이 가능했겠으나 남학생이 있는 이상 선아 혼자서는 힘들었다. 이 사실을 눈치챈 여학생들은 남학생을 두고 자기들끼리 가자고 졸라댔지만, 선아는 그런 식으로 진행하고 싶지 않다고 했다.

종이에 시선을 둔 채 내가 머뭇거리자 독서 여행의 취지와 의미 등을 설명하기 시작했다. 입담 좋은 판매 사원에게 빠져든 것처럼 나는 연신 감탄했다. 1박 2일 일정표를 보니 생각이 많아졌다. 선아는 내 어깨에 손을 올리고 속삭이듯 말했다.

"흠흠. 샘 반 애들도 많잖아. 가면 정말 좋아할 거야."

동아리 절반 이상을 차지하는 우리 반 아이들은 유독 선아를 좋아했다. 나는 항복의 표시로 양팔을 들어 올리고 고개를 뒤로 젖혔다.

"근데."

"응?"

"나, 시급이 좀 센데. 감당할 수 있으실까?"

선아는 미소와 함께 양손으로 하트를 만들었다.

# 10

주말 새벽. 우리는 부산으로 출발했다. 차가운 새벽공기를 마시다 버스 안에 들어가니 몸이 금방 노곤해졌다. 재잘대던 아이들은 꿈나라로 차례차례 출발했다. 나도 뒤따라갔다. 차가 멈추고 승객들이 오르내릴 때마다 눈이 떠지곤 했지만 출발하는 엔진 소리와 함께 다시 머나먼 꿈나라로 향했다. 한참을 달려 노포동 터미널에 도착할 무렵 정신이 돌아왔다. 온몸이 뻐근했다. 어깨에 곰 세 마리가 매달려있는 느낌이었다.

이른 아침인데도 터미널에는 사람이 많았다. 아이들은 널찍한 터미널과 바삐 오가는 사람들, 코를 자극하는 어묵 냄새에 '와와' 소리를 내기 시작했다. 지하철 표를 끊고 학교에 교통비를 청구하기 위한 인증샷을 찍었다. 아이들은 함께 사진을 찍는다는 사실만으로도 즐거워했다. 한 손은 표를, 다른 한 손은 브이를 들었다.

유일한 남학생 수완이는 쉽게 어울리지 못했다. 나는 일부러 수완이 곁으로 다가가 하~호~ 입김을 내기 시작했다. 수완이는 내 입에서 피어오르는 입김을 보더니 따라 했다. 내가 담배 피우는 손가락 모양을 하자 그것도 따라 했다. 꿀밤을 날렸다. 지하철을 탄 후에도 수완이는 빈자리가 있는데 앉지 않고 멀뚱멀뚱 서 있었다.

"자자, 이리로."

옆자리를 팡팡 손으로 내리치며 수완이를 불렀다. 아이들은 저마다 예전에 부산에 와 본 경험을 이야기했다. 너무 시끄럽지 않게 주의를 시키고 수완이에게 말을 붙였다. 수완이가 물었다.

"쌤, 부산 와보신 적 있어요?"

"응. 예전에 잠시 살았지."

"왜요?"

"부산에 있는 대학교를 잠시 다녔었거든. 아주 잠시."

목적지는 남포동-자갈치시장-보수동 책방골목이었다.

번화한 남포동 거리에 아이들은 흥분했다. 자유시간을 주고 마음껏 다니게 했지만, 아이들은 왠지 자유롭지 못했다. 익숙하지 않은 공간에서 아이들은 기껏해야 비둘기처럼 광장 주변만 기웃거릴 뿐이었다.

보수동 책방골목에서 선아는 아이들을 불러 모아 쪽지를 내밀었다. 쪽지에는 이름이 적혀있었다. 종이를 뽑은 아이들에게 마니또 게임을 할 것이라고 말했다. 각자 3천 원 한도 내에서 종이에 적힌 사람에게 어울릴 책을 사서 저녁에 선물하는 것이 미션이었다.

1시간 동안 아이들은 분주하게 골목을 다니기 시작했다. 나도 골목을 누비며 3천 원으로 살 수 있는 책을 찾아 헤맸다. 뭔가 있어 보이는 책을 골라보려고 눈을 두리번거리고 있을 때 선아가 뒤에 나타났다.

"시준. 책 샀어요?"

"아니요. 아. 3천 원 너무한 거 아냐?"

"호호호. 어렵죠? 이리로 와요."

# 11

 선아는 골목을 익숙하게 돌아 나를 데리고 좀 더 큰 책방으로 데리고 갔다. 복층으로 지은 깨끗한 책방이었다. 오렌지색 조명들이 책이 가득 들어찬 공간을 따뜻하게 만들었다. 책방 1층에는 카페 같은 공간이 있었다. 작은 테이블이 세 개 있는 그 공간은 큰 창에서 들어오는 빛으로 은은한 분위기를 냈다. 책 냄새와 더불어 공간을 가득 채운 커피 원두 향에 기분이 좋아졌다. 선아는 따뜻한 아메리카노 두 잔을 주문했다. 그녀와 테이블을 두고 마주 앉았다.
 "이런 데를 뭐라고 해요?"

"북 카페?"

"아 맞다. 북 카페. 이런 데 처음 와봐요. 느낌 진짜 좋다. 선아 샘은 이런 데 자주 와요?"

"시간 되면 자주 오려고 해요. 조용해서 좋죠?"

선아는 지적인 측면에서 내가 동경할만한 아우라가 있었다. 책을 보며 미소를 짓고 책방 골목을 안방처럼 자유롭게 돌아다니는 모습이 멋졌다.

"이런 데를 어떻게 알았어요?"

"대학생 때 독서 모임을 하다 보니 이런 공간들도 많이 접할 수 있었죠."

나중에 돈을 많이 벌면 이런 공간을 만들고 싶다는 상상을 했다. 선아가 주위를 둘러보며 말했다.

"예전에 친구들이랑 이런 카페를 운영해 본 적이 있어요. 2년 정도?"

"진짜? 대단하다!"

선아는 사회 경험이 많았다. 한때는 방송인을 꿈꾸며 준비했었다는 이야기도 했다.

"어쩐지. 말투랑 목소리가 또렷한 게 남다르다고 생각했어요."

"괜히 말했나. 부끄럽네."

"아니야. 진짜 아나운서 했어도 잘했을 것 같아. 잘 어울려요."

"고마워요. 서준."

아이들이 우리를 발견하고 북 카페에 들어왔다. 책방 골목을 돌아다닌 경험을 이야기하며 신이 났다. 정혜는 3천 원으로 사기 너무 힘들어 금액을 초과했다며 차액을 마니또에게 받아낼 것이라고 했다. 나를 쳐다보면서.

책 선물 교환 시간이 왔다. 아이들은 자기가 받을 책이 무엇인지 궁금해했다. 차례를 정하고 돌아가며 각자 마니또에게 전할 책 선물이 어떤 의미인지 알려주었다. 내가 뽑은 종이에는 정혜 이름이 적혀있었다. 정혜는 책을 들고 떨떠름한 표정으로 제목을 중얼거렸다.

"보이지…… 않는…… 연기?"

"언젠가 연극을 하는 날이 오면 쓸모가 있을 거야."

"왜 갑자기 연극이에요?"

"삶이란 연극 같은 것 아니겠니? 좋은 연기를 펼치길 바라는 마음에서 샀어."

정혜는 어이없어했고 수완이는 감동한 듯한 눈으로 날 보았다. 마른기침 몇 번 하고 차례를 넘겼다.

"정혜가 받았으니까 정혜 차례다."

"제 마니또는요. 으흐흐. 선생님이에요."

정혜는 내게 책을 건넸다.

제목은 『성공하는 사람들의 시간 관리법』이었다. 정혜에게 물었다.

"왜 이 책을 샀어?"

"낭비하게 생겼어요. 앞으로 낭비하지 말라고요."

웃음이 방안을 가득 메웠다. 나는 조금 열이 올랐다. 정혜는 내 눈치를 살피더니 말했다.

"아니. 쌤이 3수 했다고 말했잖아요. 그리고 쌤은 뭐든 세 번 해야 잘하는 것 같다고도 했고요. 앞으로는 한 방에 뭐든 하길 바라요."

"알았어. 고맙다. 시간 관리 잘할게."

떨떠름한 표정으로 대답했다.

"그래서 결혼을 한 방에!"

정혜가 시선을 선아 쪽으로 돌리며 크게 말했다. 나는 주먹을 내보였고 정혜는 아이들 뒤로 숨었다. 아이들은 깔깔대며 웃었다. 책 선물 교환은 재미있었고 밤 11시에야 준비했던 모든 일정을 마쳤다. 수완이와 나는 따로 잡아둔 방으로 이동했다.

# 42

 따뜻한 물이 몸을 타고 흐르는 동안 그날 풍경이 떠올랐다. 시간은 빠르게, 때론 느리게 흘렀다. 새벽 터미널 풍경과 지하철에서 아이들이 재잘대는 모습. 지하철 안에서 서성이며 서 있던 수완이. 달콤한 남포동 씨앗호떡. 책방 골목을 구석구석 누비며 책을 찾던 아이들. 북 카페 공간에 녹아들어 그 자리에 원래 있어야 할 사람처럼 보이던 선아.

 샤워를 마치고 거실에 나오니 수완이는 소파에 엉덩이를 반쯤 걸치고 있었다. 숙소는 거실과 방이 하나씩 있었다. 침대가 있었지만 남자 둘이 함께 눕기에는 좁았다.

"침대에서 푹 자. 샘은 괜찮으니까. 거실에서 TV 좀 보다가 늦게 잘 거야."

수완이는 머리를 긁적이며 방으로 들어갔다. 나는 머리를 말리면서 TV 리모컨을 찾았다. 전원을 누르고 음 소거 버튼을 눌렀다. 주인공이 한창 자동차 추격전을 벌이는 영화였다. 아슬아슬하게 잡힐 듯 잡히지 않는 주인공. 빠르게 움직이며 거리를 온통 박살내는 자동차. 아무 소리 없는 TV에서 한동안 시선을 떼지 못했다.

그때 현관 두드리는 소리가 들렸다. 선아였다. 현관문이 열린 틈으로 얼굴을 내밀고 작은 목소리로 말했다.

"전화를 왜 안 받아요?"

"씻는다고 정신이 없었네. 무슨 일 있어요?"

선아는 내 어깨 뒤쪽을 살폈다. 나는 몸을 살짝 틀어 비켜주었다. 수완이가 없는 것을 확인하고 신발장 옆에서 낮은 목소리로 말했다.

"잠시 나가자고 하려 했지."

"밖에요?"

선아는 부산 밤거리를 걷고 싶어 했다. 숙소로 오는 동안 보았던 부산의 밤은 화려했다. 하늘에 뜬 별들을 그대로 지상에 옮겨온 듯했다. 골목 사이에 있는 노점들을 바라보는 아이들 표정은 마치 밤에 핀 예쁜 꽃을 쳐다보듯 황홀해 보였다. 적적한 시골의 밤과는 다른 생기에 아이들은 신이 났다. 오랜만에 느끼는 대도시 밤 풍경에 기분이 들뜬 나도 마찬가지였다.

대답을 망설였다. 혹시 그사이에 수완이에게 무슨 일이라도 생기면 어쩌나 하는 생각이 들었다. 벽에 손을 짚은 채 손가락을 두드렸다. 생각할 때 나오는 버릇이다. 선아는 내 손가락을 보더니 알겠다는 표정을 지으며 웃었다.


수완이가 방문을 열었다. 선아는 약간 당황한 표정으로, 재빨리 신발을 벗으며 인사했다.

"어머, 수완이 안 자고 있었네?"

"네, 샘."

"모야. 둘이 커플이야? 같은 패션으로 옷을 입었네."

다시 보니 수완이와 나는 둘 다 똑같은 검정 반바지에 흰 반소매 티를 입고 있었다. 누가 보면 아빠와 아들, 아니 친한 삼촌과 조카처럼 보였을지도 모르겠다. 선아는 우리를 번갈아 보며 웃음을 머금은 채 소파에 앉았다.

"오늘 피곤했지? 얼른 자. 샘들은 내일 일정 때문에 회의할 게 있어서. 거실 좀 쓸게."

나는 주섬주섬 일정표를 꺼내 그녀 옆에 앉았다. 수완이는 안녕히 주무시라는 말을 남기고 방으로 들어갔다. 방문이 닫히는 소리가 들렸다.

# 13

 적막이 흘렀다. TV 화면에서는 아까 그 주인공이 불안한 눈빛으로 정면을 응시하고 있었다. 경직된 표정으로 입술을 천천히 움직이는 것을 보니 좋은 일은 아닌 것 같았다. 전원 버튼을 눌러 TV를 껐다. 주인공이 사라진 검은 화면에 나와 선아가 등장했다. 화면 속에서 그녀와 나는 붙어 앉아 같은 방향을 바라보고 있었다.

 맞닿은 허벅지에서 올라오는 온기와 화면 속에 나란히 앉은 모습 때문일까? 심장이 빨리 뛰기 시작했고 배꼽 저만치 아래가 굳어오기 시작했다. 가슴팍에서부터 쿵쾅대며 마구 울리는 진동은 허벅지와 소파를 통과해 선아에게 전해지는 것만 같았다.

어색함을 피하려 기지개를 켜는 척하며 다리를 오므렸다.
"여기서 나가면 뭐가 있죠?"
"괜찮은 수제 맥줏집?"
잠시 고민했지만 아무래도 나갈 수는 없었다.
"거긴 다음에 둘이 왔을 때 가봐요. 오늘은 캔맥주 어때요?"
"좋아요."
선아는 아쉽지만, 이해한다는 표정으로 말했다. 편의점에서 캔맥주를 두 개 사 왔다. 안주는 없었다. 소파에 기대 맥주를 한 모금 삼키자 짜릿한 탄산과 보리 향이 목구멍을 타고 넘어가는 것이 느껴지며 어깨에 소름이 돋았다. 나도 모르게 웃음이 나왔다. 선아는 그러게 나가자니까 하는 표정으로 나를 보며 말했다.
"아깝다. 오늘 날인데."
"그러게요. 진짜 장난 아니네. 피로가 아주 그냥 녹아내리네."
수완이를 깨우지 않기 위해 우리는 입과 귀를 최대한 가까이 붙이고 속삭이며 이야기를 나눴다. 부산에 대한 각자의 추억들, 대학교 시절 이야기, 임용고시를 치르기까지의 과정, 그리고 지금의 삶. 열심히 살아온 이야기들. 선아의 숨결에 실려오는 이야기들은 내 귀를 간지럽히며 기분 좋게 했다.
즐기듯 과거를 이야기하는 선아에게서 내가 갖지 못한 자신감이 느껴졌다. 공부 말고 다른 것을 한 적은 없냐는 물음에 대학 시절 연극동아리에서 활동한 이야기를 해주었다. 선아는 관심 있어 했다. 기회가 되면 내가 출연했던 연극 영상을 보여주기로 약속했다. 캔맥주를 다 비우고도 한참 이야기를 하다가 새벽 한 시 넘어 우리는 헤어졌다.

양치하고 소파에 누웠다. 거실에 걸려있는 시계는 한 시 반을 가리키고 있었다. 천장을 바라보았다. 거실 창문으로 몇 줄기 빛이 들어와 천장에 밝은 흔적을 남기고 있었다. 낯선 도시, 낯선 거실에 누워 조금 전의 일들을 생각하니, 무대에 서 있는 연기자처럼 느껴졌다. 눈을 감으니 심장이 몸을 거칠게 흔들었다. 들숨과 날숨에서 술기운이 진하게 흘러나왔다.

# 14

"거의 도착했다. 옆에 자는 사람 깨우자."

1박 2일 독서 여행을 마치고 학교에 도착할 무렵, 날은 이미 저물었다. 버스 유리창 너머로 보이는 익숙한 시골 풍경은 우리가 현실로 돌아왔음을 알렸다. 선아와 아이들은 잠에서 깨어 저 멀리 해가 지는 풍경을 바라보고 있었다.

독서 여행은 완벽했다. 아이들도 그렇게 생각하는 듯 보였다. 돌아오는 길에는 부산대학교에 들러 대학 탐방을 했다. 아이들은 놀이동산에 온 듯 자유롭게 넓은 캠퍼스를 돌아다녔다. 계속되는 오르막길에 아이들도 나도 숨이 가빴다. 겨울방학 기간인 데다

일요일이라 학생들은 별로 없었다. 몇몇 외국인들과 소수의 대학생이 오가는 캠퍼스는 불청객들이 잠시 쉬어가기에 안성맞춤이었다.

입구에서 가장 멀리 있는 건물까지 구경하고 되돌아오기 시작했다. 아이들은 캠퍼스를 거닐며 각자의 낭만에 빠진 듯 보였다. 나는 삼삼오오 걸어가는 아이들을 내려다보며 맨 뒤에서 수완이와 함께 걸었다. 수완이는 나를 흘끔 보더니 온종일 닫혀있던 입을 열었다.

"선생님. 저도 나중에 여기 올 수 있을까요?"

"왜? 서울로 가고 싶다며?"

"생각이 바뀌었어요."

"뭐 때문에?"

"그냥……. 여기가 좋아졌어요."

나도 부산이 좋았다. 사범대로 진로를 바꾸기 전엔 방송관련 전공으로 부산에서 잠시 생활했었다. 고등학교를 막 졸업한 나에게 부산은 자유와 낭만을 심어주었다.

해운대 바닷가에서 새우깡으로 갈매기 떼를 유혹했던 일, 근처 시장에서 친구들과 먹은 곰장어구이, 버스터미널을 새벽이 넘도록 지키고 서 있던 30년 전통의 원조 콩나물국밥집, 송정해수욕장에서의 첫 키스, 서면의 번화함, 남포동과 자갈치시장 근처에서 머리에 맞는 모자를 찾으려고 돌아다녔던 일, 초저녁부터 경성대-부경대 근처의 술집을 쏘다닌 기억과 그러면서 사귀었던 좋은 인연들. 나는 어쩐지 독서 여행 내내 꿈을 꾸는 듯한 느낌이 들었는데, 그것은 지난날의 추억들이 의식의 경계로 솟아올랐기 때문이었다. 나는 눈앞을 지나가는 추억들을 만지듯 한 손으로 수완이의 어깨를 잡았다. 고개를 끄덕이며 말했다.

"부산. 매력 있는 곳이지."

터미널에서 독서 여행을 마쳤다. 붕어빵을 사서 아이들의 손에 하나씩 쥐여주며 작별 인사를 했다.

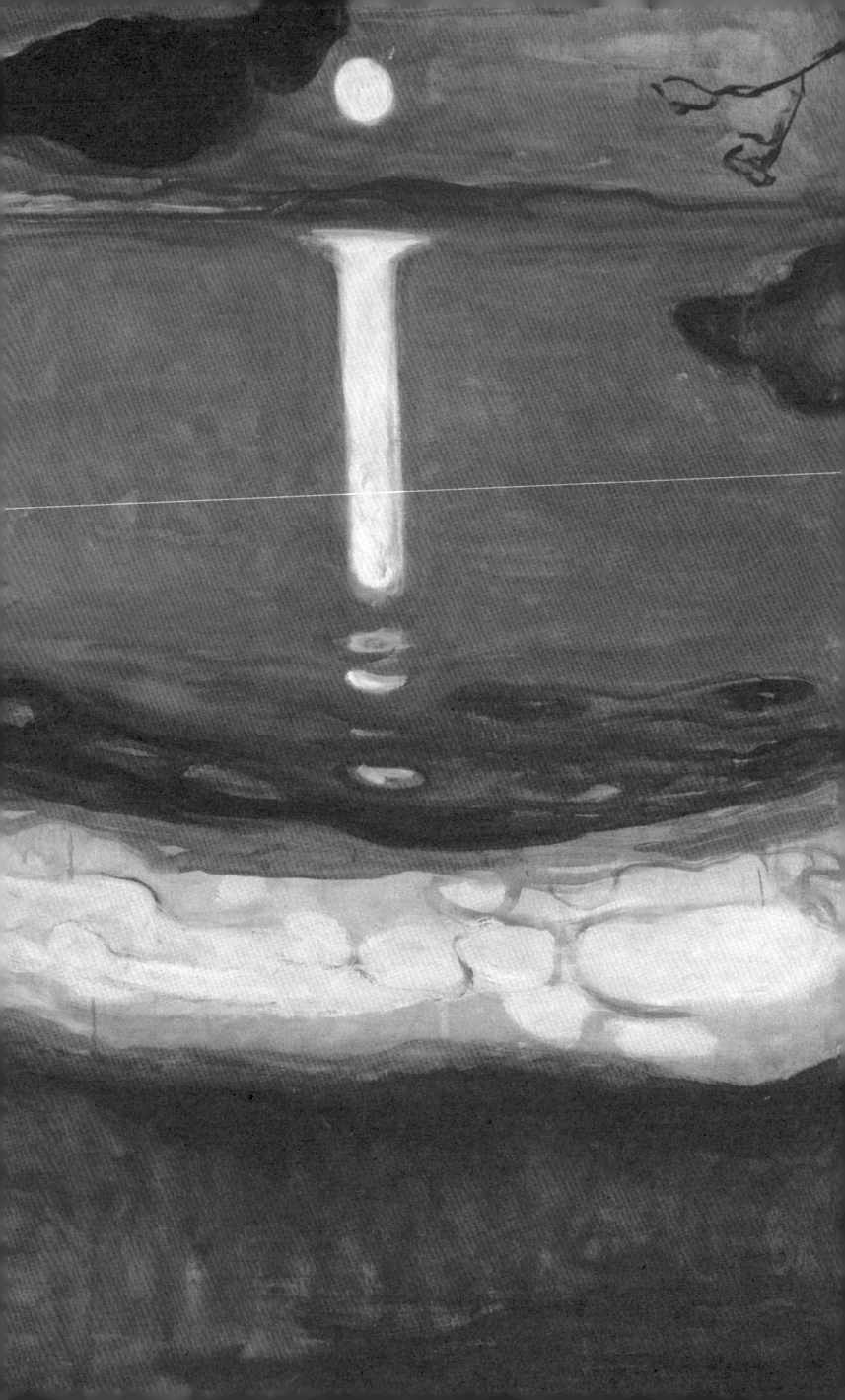

# 15

 선아는 독서 여행 자료를 학교에 두고 집에 가겠다고 했다. 우리는 함께 학교로 갔다. 어둠이 길에 쌓였고, 학교에는 아무도 없을 터였다. 쫄보인 나는 평소 같으면 아무도 없는, 불 꺼진 학교 같은 곳에는 절대 들어가지 않았을 것이다. 하지만 그날은 왠지 같이 가야 할 것 같았다. 선아는 미안해했다.

 "나 혼자 가도 괜찮아요. 얼른 가서 쉬어."

 "아냐. 같이 시작했는데, 마무리도 같이해요."

 학교까지 말없이 길바닥을 보며 걸었다. 바람이 별로 불지 않아 걷기 좋았다. 밝은 가로등 아래를 지날 때 숨을 천천히 내쉬자 하얀 입김이 하늘로 올라가는 것이 보였다.

컴컴한 교무실 문을 열었다. 도착했다는 안도감과 따뜻한 교무실 온도에 긴장이 사르르 녹아내렸다. 선아는 책상 위 형광등 하나만 켜고 의자에 앉더니 몸을 뒤로 쭉 뻗고 길게 숨을 내쉬었다. 나도 그 옆자리에 앉아 몸을 뒤로 뻗었다. 몸이 의자에 녹아 스며드는 것만 같았다.

선아가 눈을 감은 채 졸린 목소리로 말했다.

"고마워요. 고생했어요."

"샘이 고생했지. 내가 한 게 뭐 있나. 따라다니기만 하고."

"아냐. 서준샘 없었으면 나 절대 혼자 못 했을 거야. 정말 고마워요."

"피곤하죠?

조금만 누웠다가 가요."

"응……. 고마우……."

선아는 이미 꿈나라로 출발한 모양이었다.


얼마나 시간이 흘렀을까? 마치 피부에 닿은 듯 생생한 꿈을 꾸었다. 하지만 그 꿈은 잠에서 깨어 숨을 몇 번 내쉬는 동안에 어디론가 사라졌다. 조금 전까지만 해도 어두운 영화관에서 영화를 보듯 또렷하게 의식에 있었지만, 한순간에 어둠만이 눈앞에 남았다. 점점 꺼져가는 몽중 의식. 그것을 다시 잡아 꿈속으로 들어가고 싶었지만 그럴 수가 없었다. 남은 것은 몽롱한 느낌뿐이었고 점점 또렷한 의식이 나를 지배했다.

시계를 보니 어느새 밤 10시가 넘었다. 선아는 창가에 서서 밖을 보고 있었다. 피곤함에 갈라지고 메마른 목소리가 내 입에서 새어 나왔다.

"뭐해요?"

선아는 돌아보며 피식 웃었다.

"이리 와 봐요. 첫눈이야."

눈이 내리고 있었다. 검은 하늘에서 하얗고 작은 눈송이들이 천천히 하강하고 있었다. 마치 봄바람에 하늘하늘하며 떨어지는 벚꽃처럼. 우리는 가로등 불빛 사이로 한가로이 내려오는 눈을 보며 멍하니 서 있었다. 내가 중얼거렸다.

"어릴 때는 눈 오면 눈사람도 만들고 그랬는데."

선아가 말했다.

"그럼 나가서 만들어 볼까나?"

운동장에는 눈이 조금 쌓였지만 잘 뭉쳐지지는 않았다. 눈사람을 만들기에 눈은 아직 모자랐다. 몇 번 애써보다가 시린 손을 호호 불며 주머니에 넣었다.

아직 운동장에 쭈그리고 앉아 눈사람 만들기를 포기하지 않은 선아를 보며 나는 장난기가 발동했다. 작은 눈 뭉치를 만들어 선아의 뒤통수를 조준해 던졌다.

퍽!

정적이 흘렀다.

선아는 움직이던 손을 멈췄고 나는 오른손을 앞으로 내민 채 그대로 멈춰 서 있었다. 콧물이 흘러 왼손으로 훔치려는 그때 선아는 몸을 돌려 나를 쏘아보았다. 나는 어깨를 들썩이며 유감을 표시했다.

선아는 눈을 나에게 고정한 채 손을 바삐 움직이더니 거대한 눈 뭉치를 들고 나를 향해 달려왔다.

"야."

하고 외치는 소리와 함께.

팍!

선아가 거대한 눈 뭉치를 던졌지만 빗나갔다. 땅에 떨어져도 박살이 나지 않는 모양새를 보니 단순한 눈이 아니었던 모양이다. 돌 같은 눈이었거나 눈 같은 돌이었거나.

선아는 나를 잡으러 달렸고 나는 뒷걸음질 치며 도망 다녔다. 한참을 뛰어놀다 숨이 가쁘고 땀이 나기 시작할 때 우리는 농구

코트 위에 나란히 누웠다. 거친 숨을 내쉬는 선아의 코와 입에서 하얀 김이 피어올라 나풀거리는 눈 사이로 흩어졌다.

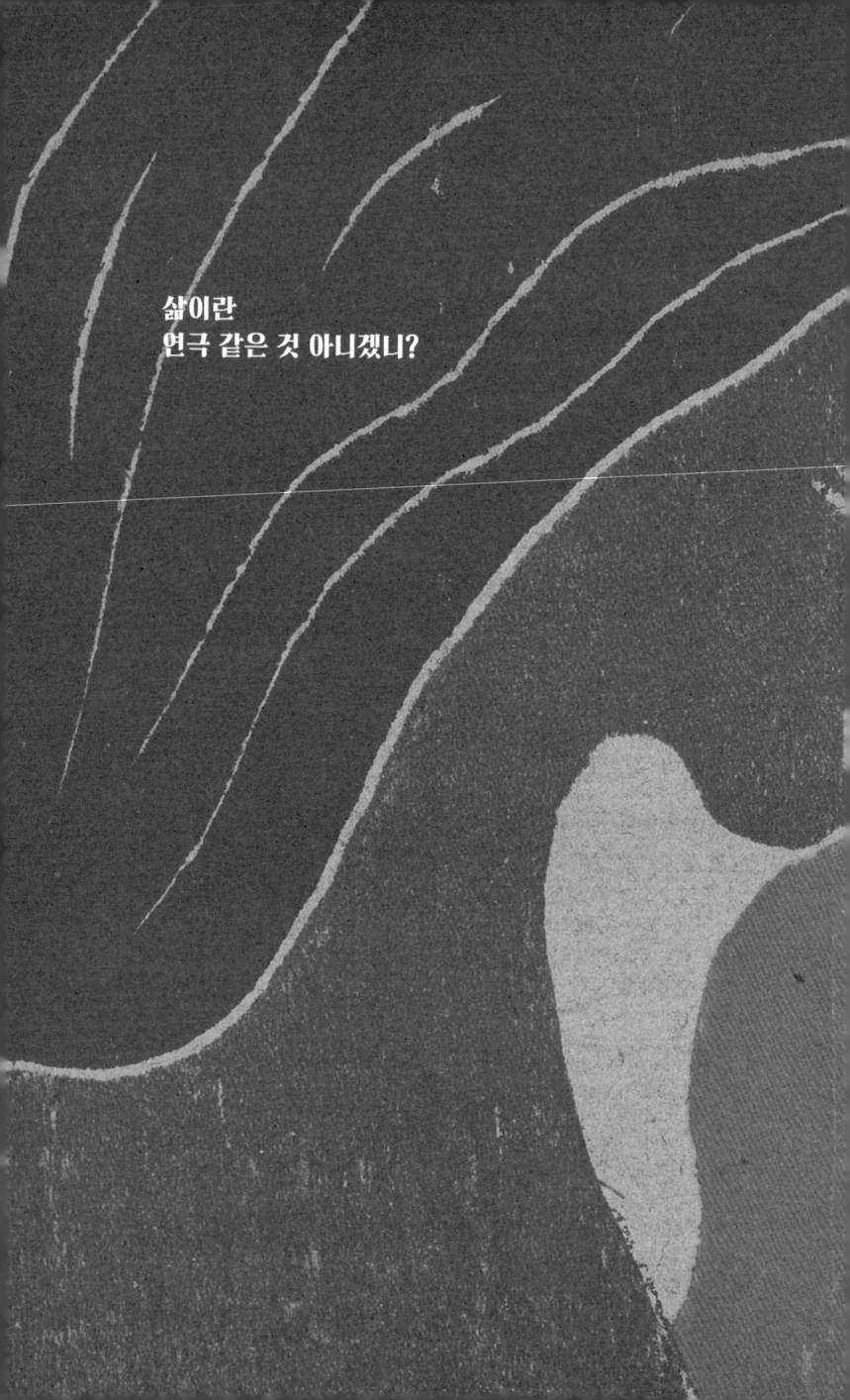

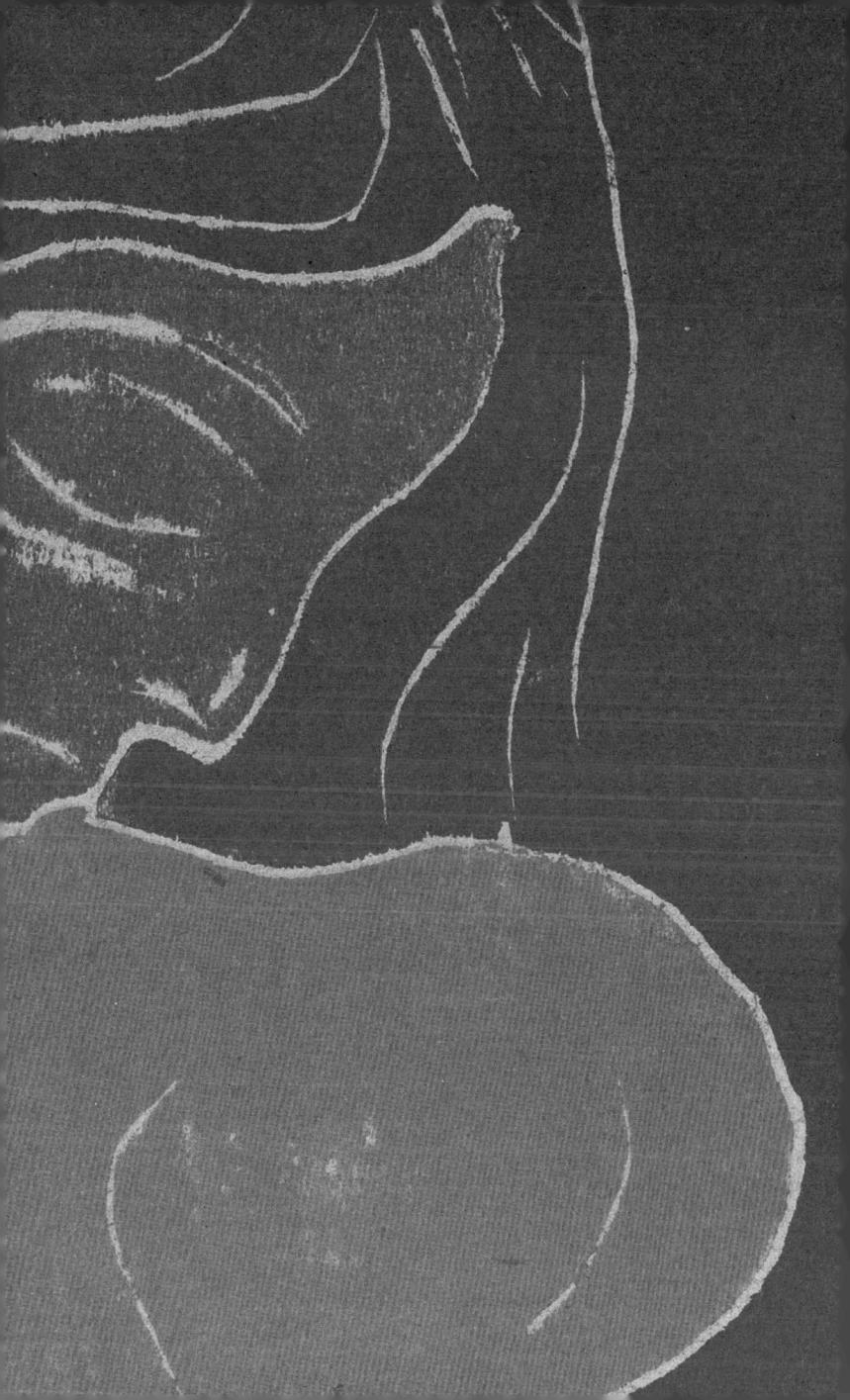

4장

# 홀로

# 9

"그래서. 잤냐?"

"아니······. 그런 거 묻지 말고 . 후······."

"이런 이야기를 니가 할 줄은 몰랐는데."

"맞제. 내가 미쳤나 보다······."

"아니, 아니. 그런 말이 아니라. 이런 건 니 스타일이 아니었던 것 같아서. 아주 새롭네."

"어쩌지?"

"어쩌긴? 뭐 별것도 아니구만. 걱정하지 마라."

어두운 교실에서 휴대전화를 붙잡고 창가에 서 있었다.

선아에 대한 애정과 후회, 기대와 미안함이 뒤섞여 무척 답답했다. 학교에서 마주친 선아는 아무렇지 않은 듯 보였는데 그것이 나를 더 혼란스럽게 만들었다. 그때 건우가 떠올랐다. 내 마음을 이해해 줄 것 같았다. 건우는 연애 경험도 많고 여자 마음을 잘 헤아리기로 일가견이 있었다.

 독서 여행을 다녀온 주말, 선아를 집에 초대했었다. 독서 여행 뒤풀이 삼아 저녁을 함께 먹기 위해서였다. 동네 음식점은 거의 학부모들이 운영했기 때문에 소문이 날 수 있어 조심스러웠다. 그 무렵 나는 파스타니 떡볶이니 요리를 연습하던 중이라 나름 자신도 있었다.

 선아는 와인을 들고 왔다. 메뉴는 토마토 파스타와 소시지 야채볶음. 둘 다 간단히 할 수 있는 요리였다. 선아는 음식을 먹어보고 놀라워했다. 파스타를 먹었을 때는 그저 그런 표정이었는데 다양한 야채를 곁들인 소시지 야채볶음은 잘 맞았는지 기분이 좋아 보였다.

 "정말 맛있어! 소스 엄청 잘 만든다."
 "맛있으니 다행이네. 맛나게 먹어요."
 "평소에도 자주 해 먹어요?"
 "자주는 아니고, 오늘은 특별한 날이니까. 힘 좀 써봤지요."
 내 입꼬리가 슬며시 올라갔다.

와인은 맛이 특별했다. 음식과 즐기기에 충분했고 혀를 감싸는 풍부함이 돋보이는 와인이었다. 혀끝에 느껴지는 달달한 맛이 매콤한 소시지 야채볶음과 잘 어울려 만족스러웠다. 식사가 끝날 무렵에는 와인 한 병을 거의 비웠다.

선아가 사과를 깎는 동안 설거지를 마무리하고 식탁에 마주 앉았다. 시간이 흐를수록 술기운이 점점 올라왔고 쉽게 가라앉지 않았다. 나는 환기도 하고 술기운도 가라앉힐 겸 식탁에 붙어있는 작은 창문을 열었다.

"와인 진짜 세다."

"서준샘이 거의 다 마셨는걸."

"하하하. 나는 왠지 음식만 보면 참을 수가 없어. 눈앞에 있는 것은 다 해치워야 뭔가 속이 시원하더라고."

"잘 마셔서 좋아요. 맛은 괜찮았죠?"

"달달해서 정말 좋네. 이 근처에서 산 거예요?"

"아니. 누가 선물로 줬어요."

"누군지 몰라도 좋은 선물을 줬네요. 다음엔 내가 와인 대접할게요."

연극 이야기가 나왔다. 선아는 손뼉을 치며 말했다.

"연극 영상 보여주기로 했잖아요. 혹시 지금 보여줄 수 있어요?"

"아……. 그래요?"

나는 방문을 쳐다보며 머뭇거렸다.

"그럼 방으로 가야 하는데. 잠시만 기다려봐요."

"왜?"

"방 좀 치우게요."

선아는 손사래 쳤다.

"괜찮아. 불 꺼놓으면 아무것도 안 보이잖아요."

"그래도……. 1분만!"

눈에 보이는 것들부터 숨기기 시작했다. 널브러진 옷들을 옷장에 걸고 침대 위 이불을 정돈했다. 책상에 어지러이 놓인 책들은 가지런히 책장에 꽂고 문을 살짝 열어 환기한 뒤 컴퓨터를 켰다. 선아는 뒤에서 정리하는 내 모습을 보며 웃었다.

"깨끗한데? 괜찮아요."

"여기에 앉아서 조금만 기다려줘요."

나는 침대를 가리켰다. 침대 위에 앉으면 벽에 등을 기댈 수 있었다. 나는 형광등을 끄고 연극 영상 파일을 찾아 재생시켰다. 무대 위에 분장하고 나타난 내 모습을 보고 선아는 놀란 표정을 지었다. 입을 가리고 웃으면서 눈앞에 있는 나와 화면 속의 나를 번갈아 보며 신기해했다.

극에서 내가 맡은 역할은 탐욕스러운 인물로, 나이 많은 마을의 재력가였는데 경쟁 상대를 제압하기 위해 온갖 모략을 쓰는 인물이었다. 파일은 극의 클라이맥스 부분이었는데 무대 위의 나는 뜻대로 모략이 진행되지 않아 미친 돼지처럼 광기를 내뿜고 있었다. 희번덕거리는 눈과 거만한 몸짓, 노인의 갈라진 목소리에서 나오는 쇳소리, 억센 경상도 사투리가 인물의 광기를 극적으로 보이게 했다.

 무대 위에 서면 앞이 잘 보이지 않는다. 조명이 무대를 정면으로 비추기 때문이다. 대사와 동작에 집중하다 보면 관객이 얼마나 있는지, 누가 왔는지 의식하기 힘들다. 그땐 그랬지 하며 무대 위에서 광기에 사로잡힌 내 모습을 보니 영상 속의 내가 약간 그리웠다. 선아는 화면에 시선을 고정한 채 감탄을 연발하며 내 어깨를 살짝 때렸다. 귀여운 소리가 났다.
 "뭐야. 대단해!"
 "아니. 뭘. 대단하긴."
 "진짜 탐욕스러워 보여요."
 "하하하. 칭찬이죠?"
 우리는 한참을 웃었다. 광기 어린 내 모습을 보며 선아와 몇 번 눈이 마주쳤는데 심장이 빨리 뛰었다. 모니터 빛에 비친 선아 얼굴이 점점 자세하게 보였다.
 초승달 모양의 눈, 귀엽게 솟은 볼, 아담한 콧날. 가린 손 뒤로 상상해보는 도톰한 입술. 물끄러미 바라보고 있으니 야릇한 기분이 올라오기 시작했다. 분위기를 바꾸려 일부러 말을 걸었다.

"다 봤죠?"

"응."

선아 목소리는 침착한 저음이었다. 심장이 더욱 나대기 시작했다. 야성적 자아와 도덕적 자아는 설전 끝에 컴퓨터를 끄고 형광등을 켜는 것에 극적으로 합의했다. 심장의 바운스를 숨기며 컴퓨터를 끄려 몸을 앞으로 기울였다. 화면에서 종료를 찾아 클릭했다. 긴장 때문인지 자세 때문인지 클릭이 여러 번 빗나갔다.

화면이 꺼지는 동안 등을 벽에 기댄 채로 선아와 나란히 앉았다. 나는 침을 꼴깍 삼켰고 그 소리가 너무 크게 들리는 것 같아 신경 쓰였다. 모니터는 꺼진 채 전원 버튼에서 파란 불빛만 깜빡이고 있었다. 이제 형광등만 켜면 된다. 왼손을 스위치로 뻗는 순간 선아가 내뱉는 나직한 숨소리가 들렸다.

고개를 오른쪽으로 돌리니 선아 얼굴이 내 쪽으로 기울어지고 있었다. 어둠 속에서 눈이 마주쳤다.

깜빡이는 파란 불빛을 따라 선아의 입술이 눈앞에 나타났다. 입술이 빛났다.

사라졌다.

빛났다가 사라졌다.

다시 빛났을 때 나는 더 이상 참을 수 없었다.

# 2

"마. 죄책감 같은 거 갖지 마라. 니 벌써 그러고 있제. 그럴 줄 알았다. 그 여자도 니한테 마음이 있었구민. 괜히 니만 비극의 주인공이 되려고 하지 말라니깐 이 새꺄. 하. 알았다. 알았다. 알았다.

행님 말 좀 들어봐라. 내가 여자 마음은 잘 안다 아이가. 잘 들어봐. 멈출라면 지금 멈출 수 있다. 아직 안 늦었거든. 뭐라고? 그럼 어떻게 하고 싶은데?"

억눌러왔던 선아에 대한 마음이 그날 폭발해버렸다. 마치 막아놓은 댐이 갈라져 물이 터져 나오듯 홍수가 평화로운 마을을 집어삼키듯 그 일은 내 일상을 마비시켰다. 당황, 설렘, 죄책감, 흥분, 절망, 기대 같은 감정들이 뒤섞여 나를 휘저었다.

선아를 좋아하는 내 감정을 확인했지만 힘들었다. 그녀에게는 남자친구가 있기 때문이다. 건우는 내 한숨 소리를 듣더니 말을 꺼냈다.

"서준아, 니 마음 알겠다. 응? 니한테 끌어당기는 방법은 당연히 있지. 그래 인마. 잠깐만 잠깐만. 그런데 서운해 말고 내 말 들어봐래이. 친구니까 이런 말 하는 건데, 내 경험상 추천 안 한다. 니 분명히 나중에 상처받고 힘들어진다. 100퍼센트다. 감당할 자신 있나?"

자신 있다고 했다. 설령 누가 어떤 욕을 하더라도 감당할 자신이 있었다. 무대 위에서 탐욕스러운 역할을 딱 한 번만 더 하겠다고 생각했다. 건우는 한숨을 길게 내뱉었다.

"다른 사람들한테 절대로 말하지 말고, 위로나 좋은 소리 같은 거 절대 못 듣는다. 뭐라고? 으이구 인마. 그러니까 나한테 먼저 전화했어야지."

여자를 내 편으로 끌어당기는 방법 따위의 조언은 없었다. 나중에 지금보다 더 힘들어지면 연락을 달라는 말만 남기고 건우는 전화를 끊었다.

남자친구가 있는 여자와 남몰래 즐기는 달콤한 만남. 처음에는 죄책감이 들었다. 비밀스러운 만남 후 집에 홀로 남아있을 때는 내가 지금 뭐 하고 있나 하는 생각이 들기도 했다. 그러나 일탈에서 맛보는 거친 쾌락 앞에서 가슴을 찌르던 모난 양심은 금방 그 모가 닳아 버렸다.

'결혼한 것도 아니고 그저 연애하는 과정인데 뭐 어때……'

# 3

"넌 착한 아이구나."

어릴 때 자주 듣던 소리였다. 인정받는 기분이 좋아 그랬는지는 알 수 없지만 착한 행동을 많이 했던 것은 사실이었다. 초등학교 시절, 일 년에 한 번, 각 학년에 한 명에게 주는 〈착한 어린이상〉을 나는 다섯 번이나 받았다. 상을 못 받은 것은 2학년 때였다. 담임은 "넌 방학 때 학교에 나와 청소하는 것을 잊었잖아."라고 했었다. 집에서도, 학교에서도, 사회에서도 비슷했다. 착한 사람으로 줄곧 평가받으며 살아왔고, 그것이 편했다.

남자친구와 있는 여자와 만나면 안 된다는 도덕적 기준은 오히려 쾌감을 몇 배로 늘려주었다. 나는 바짝 마른 스펀지가 물을 만난 듯, 그 쾌감을 온몸으로 빨아들였다.

침대 위에서 보여주는 표정처럼 선아가 정말 나를 좋아하고 원한다면 곧 남자친구를 정리할 것으로 믿었다. 만남이 반복되고, 침대가 더 크게 요동칠수록 확신은 진해졌다. 100m 달리기 선수처럼 나는 출발선에 앉아 조용히 그녀의 입장 정리 선언을 기다렸다.

총성은 울리지 않았다. 방학이 다가오면서 기대는 불안으로 바뀌었다. 선아는 곧 고향으로 돌아간다. 나와의 시간은 끝나고 남자친구와의 시간이 시작된다. 초조했다. 어쩌면 방학 동안 나를 떠날지 모른다는 생각마저 들었다. 남자친구에 대한 감정이 아직 남아있는 것일까? 그럴 리는 없다고 생각했다. 그녀는 꽤 오래 전부터 남자친구에 대한 감정은 이미 식었다고 말하지 않았던가. 답답했다.

겨울 방학식 날. 고향으로 떠나기 몇 시간 전 우리는 만났다. 한동안 못 볼 것이라는 생각 때문이었을까? 그날따라 격정적으로 몸을 탐했다. 침대 위의 화려한 공연이 끝나고 우리는 서로를 껴안은 채 뻗었다. 품에 안고 있으면 불안하지 않았다. 마치 내 것처럼 느껴지기 때문이다. 하지만 그녀는 몇 시간 뒤엔 떠난다. 갑자기 외로움이 느껴졌다.

긴 침묵. 맞댄 살결엔 온기가 남아있었지만 내 마음은 점점 차가워지고 있었다. 선아는 눈을 감고 조용히 숨만 쉬고 있었고 그것을 보니 불안한 생각들이 떠올랐다. 오랫동안 품어왔던 말을 조심스럽게 꺼냈다.

"근데. 남자친구는 어떻게 할 거야?"

"……"

선아는 슬며시 내 품에서 빠져나오며 한숨을 쉬었다. 왼팔을 이마에 올리고 눈을 감았다. 나는 몸을 돌려 천장을 바라보았다. 선아는 몸을 일으켜 벽에 등을 기대고 나를 내려다봤다.

"둘을 동시에 만나면 안 될까?"

"응?"

"그러면……. 안 되겠지?"

선아는 복잡한 표정을 지었다. 왠지 진심인 것 같았다. 나는 당황했지만, 티를 내지 않으려고 노력하며 말을 꺼냈다. 목소리가 딱딱하게 굳은 채 덩어리져서 튕기듯 나왔다.

"그건. 어렵지 않을까?"

"그렇겠지……."

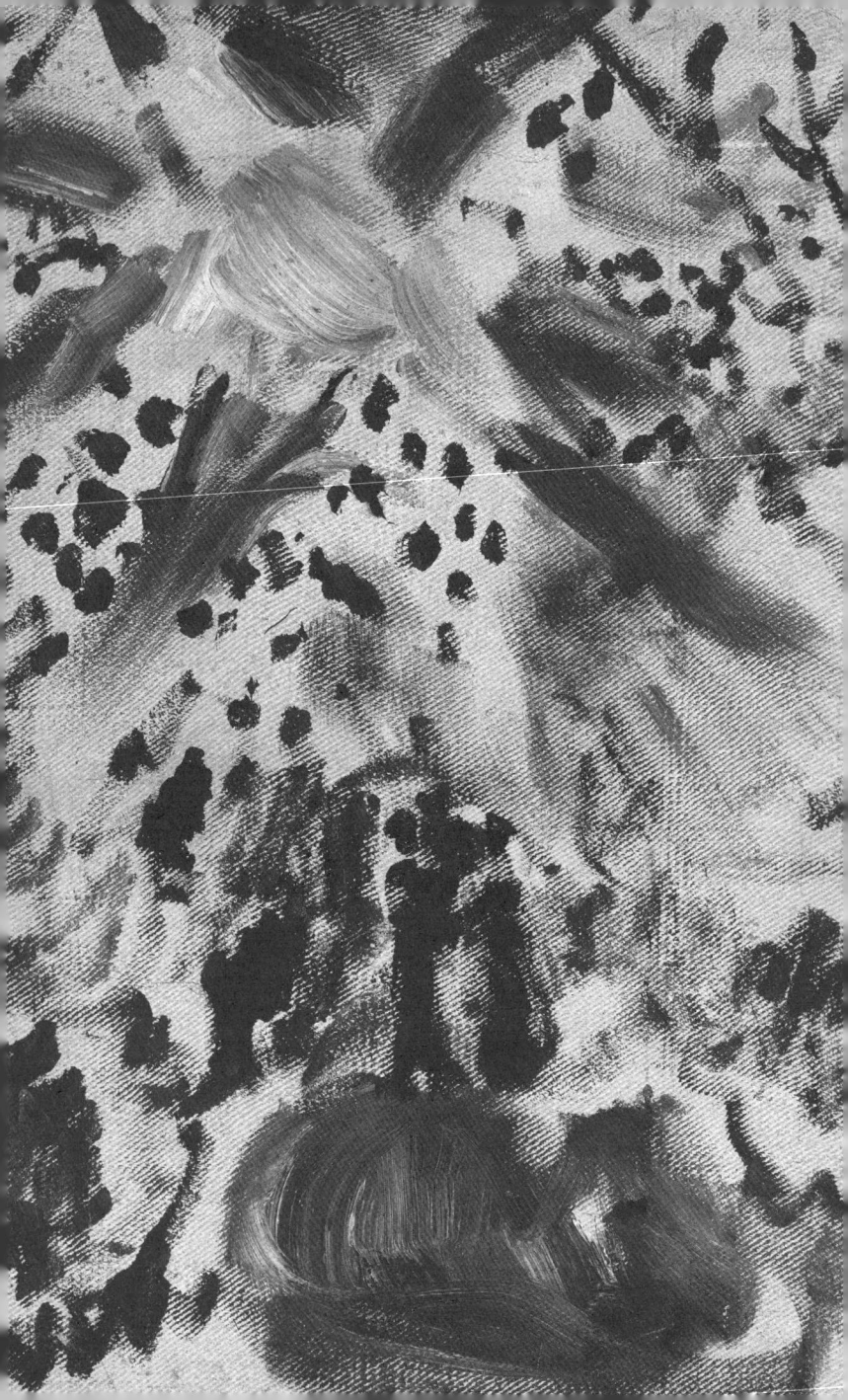

괜한 질문을 던졌다는 자책이 밀려왔다. 어쩌면 이대로 관계가 끝날 수 있다는 생각이 들자 불안이 질투로 변했나. 숨기려고 했지만 감정은 표면으로 천천히 기어 올라왔다. 딱딱하게 굳은 내 몸과 한층 커진 숨소리.

 선아는 아마도 눈치챘을 것이다. 오르락내리락하는 내 가슴팍에 선아가 손을 얹었다. 투정 부리는 아이를 달래는 듯한 손길이었다. 나는 침대에서 빠져나와 냉장고 문을 열었다. 시원한 물을 마시자 냉기가 목구멍을 지나 온몸으로 퍼져나갔다. 세포들이 열을 가라앉히기 위해 서로 경쟁하듯 물을 끌어다 쓰는 것을 느꼈다. 컵에 물을 한 잔 따라 선아에게 건넸다.

"그냥. 새로운 사람이 생겼다고 하면 안 될까?"

"그냥?"

"그냥."

"……"

"내가 유혹했다고 말해도 좋아. 비난이나 욕은 내가 먹을게."

선아는 컵을 양손으로 쥐고 고개를 숙이며 힘없이 말했다.

"어떻게 그래. 안 돼."

# 5

 비밀스러운 만남을 이어가던 어느 주말의 일이 떠올랐다. 선아 집에서 와인을 마시고 영화를 보며 함께 시간을 보냈나. 영화기 끝나기도 전에 우리는 뜨겁게 사랑을 나누었다.

 선아가 욕실에 들어간 후 발가벗은 채 침대에 누워있으니 모든 게 꿈만 같았다. 육체는 침대로 서서히 가라앉고 있었고 꿈나라로 출발하려는 듯 잠이 오기 시작했다. 욕실에서 물이 떨어지는 소리가 들려왔다.

 선아 몸을 타고 흘러내리는 물소리 때문에 그녀의 몸매가 떠올라 나는 다시 흥분하기 시작했다.

졸린 기운이 싹 사라졌다. 나는 눈을 반쯤 뜨고 주위를 둘러보았다. 생각해 보니 낮에 이 집을 찾은 건 처음이었다.

창으로는 밝은 빛이 방안으로 넘어 들어오고 있었고 실내는 한 편의 그림처럼 몽환적이었다. 선아의 향과 빛은 추운 겨울에도 방을 따뜻하고 아늑하게 만들고 있었다. 집 안에 있는 모든 물건이 사랑스러워 보였다.

책상 위에 유독 눈길을 끄는 것이 있었다. 파란색 종이와 하트 모양의 빨간 상자였다. 호기심이 발동했다. 팬티를 주워 입고 책상 앞으로 갔다. 푸른색 종이는 그 길이와 접은 모양으로 보아 편지가 분명했다.

'볼까? 말까?'

남의 편지는 읽어서는 안 된다는 게 평소 생각이지만 푸른색 종이를 수놓은 분홍 하트가 나를 강하게 자극했다. 떨리는 손길로 열어보았다. 짧은 내용이었지만 애정을 가득 담은 편지였다. 누군가가 선아를 생각하며 쓴 편지였다. 얼른 침대로 돌아갔다.

잠시 후 선아가 나왔다. 나는 한 손으로 머리를 받친 채 침대에 누워 선아를 바라보았다.

"그렇게 빤히 보지 마."

"그렇게 말하니까 더 보고 싶네."

"부끄러워."

선아가 침대로 올라와 내 품에 안겼다. 향긋한 냄새가 코를 자극했다. 나는 편지의 정체가 궁금해 대화를 유도했다.

"선아는 학창 시절에 어땠어? 인기 많았지?"

"인기? 별로 없었는데."

"그래? 그럴 리가? 이렇게 매력적인데."

"왜 그래, 부끄럽게."

나는 능청스럽게 연기했다.

"민수가 한동안 쫓아다녔다는 소문이 있던데 아니야?"

"아!"

"응?"

"사실 고백받았어."

고백까지 한 줄은 예상도 못 했다.

"남자친구가 있어도 좋으니 자기랑 사귀자 하더라고."

"그랬구나. 최근에 민수가 의기소침해진 느낌이 들었지."

"민수는 내 스타일이 아니야."

"그렇구나."

"저 상자 보이지?"

선아가 빨간 상자를 가리켰다.

"민수가 준 선물이야."

"난 학생들이 준 선물인 줄 알았네. 옆에 있는 파란 종이도 민수가 준 거야?"

"아, 저건 다른 사람이 준 거."

"다른 사람?"

"응. 연수 때 알게 된 사람인데. 나를 보러 여기에 자주 왔어."

"그래? 주변 사람인가?"

"아니. 차로 한 시간도 넘게 걸리는데. 평일이고 주말이고 가리지 않고 자주 왔었어."

"그랬구나."

"남자친구가 있다고 했는데도 계속 오더라고. 어느 날은 저 편지를 줬어."

"그래?"

"응. 결국, 거절했지."

"와. 진짜 인기 많구나."

"아냐. 아무래도 여기가 사람이 별로 없어서 그런 것 같아. 이런 적 처음이야."

"뭐 또 받은 것은 없어?"

"받은 거?"

어둠이 사람들 눈을 가릴 때 나는 선아의 방을 빠져나왔다. 여러 남자에게 인기 있는 선아를 쟁취했다는 것에서 묘한 정복감을 느꼈지만, 마지막으로 선아가 누군가에게 받은 선물에 대해 들었을 때는 약간 어지러웠다.

"저 사과 상자 보이지. 저건 곰샘이 주더라고."

겨울방학 기간에는 그리움과 불안이 몰려왔다. 자주 선아의 고향을 찾아갔고, 만날 수 없는 날에는 아침, 저녁으로 전화를 걸었다.

 내가 찾아가면 선아는 예쁘게 차려입고 마중을 나왔다. 그런 모습은 내게 기대감과 동시에 혼란을 주었다. 집으로 먼 길을 돌아오는 길에는 생각이 많았다. 직장동료보다는 가깝지만, 연인보다는 거리가 있는 이 관계를 계속 유지해야 할지. 언제까지 그것이 가능할지 생각이 꼬리를 물고 이어졌다.

 왠지 자신이 없고 기대감이 떨어질 땐 전화를 걸어 선아의 밝은 웃음소리를 들으며 마음을 달랬다.

'어차피 이미 선을 넘었다.'

우리는 이미 서로 호감을 확인했다. 심리적으로나 물리적으로 선아의 남자친구보다 내가 더 선아와 가까운 존재라고 믿었다.

# 7

"100퍼센트다."

선아를 만나러 가는 길에 가끔 긴우의 말이 떠올라 심란했다. 하지만 선아의 웃음 앞에서 걱정은 금방 사그라졌다. 남자친구에게 마음이 식었다는 말, 그 말은 내게 희망의 불씨요, 분홍빛 미래에 대한 보증수표였다.

나는 선아도 남자친구도 이별의 과정에서 상처받지 않기를 바랐다. 하지만 남 걱정할 때가 아니었다. 개학을 앞둔 어느 날, 선아는 내게 관계를 끊자고 선언했다. 충격이었다.

나만 상처받는 결말은 생각해 본 적이 없었다. 곧장 터미널로 갔다. 전화를 걸었지만, 그녀는 받지 않았다. 계속되는 통화 시도와 수신 거부. 결국, 문자를 보냈다.

−지금 갈게. 이야기 좀 하자.

[할 말 없어. 미안해.]

−터미널이야. 지금 출발해.

전화가 왔다.

"지금 시간이 몇 신데. 그러지 마. 안 왔으면 좋겠어."

"막차 타고 갈게. 새벽에는 도착할 수 있어."

"여기 너무 멀어서 안 돼. 오늘 와도 나 못 나가."

"그러지 말고……."

전화가 끊겼다. 선아의 차가운 태도에 어떻게 반응해야 할지 몰랐다. 화가 났다. 그녀가 미치도록 보고 싶었다.

밤늦은 시간 터미널 안에는 사람이 얼마 없었다. 두꺼운 패딩과 코트를 입은 사람들은 하나같이 팔짱을 끼고 앉아 버스를 기다리고 있었다. 나는 그사이에 끼어 앉지도 못한 채 멍하니 버스 시간표만 바라보고 서 있었다.

땀이 흘렀다. 숨을 쉬기 힘들 정도로 답답했다. 승강장으로 나와 차가운 공기를 쐬니 좀 나아졌다.

건우가 생각났다. 건우는 힘들어지면 연락을 달라고 했다. 저녁 늦은 시간이었지만 신호가 가자마자 건우는 전화를 받았다.

나는 이야기를 쏟아냈고 건우는 한숨을 쉬었다.

"내가 말했제. 니 분명히 후회한다고."

"어쩌지?"

"정리해야지. 아직 안 늦었다."

정리하고 싶지 않았다. 건우는 숨을 크게 들이쉬더니 말을 꺼냈다.

"충격받지 말고 잘 들어래이. 니는 걔한테 엔조이였다.

아니기는 인마. 이야기 들어보니 견적 나오는구만.

하. 이런 가시나는 혼 좀 나 봐야 하는데. 그냥 똥 밟았다고 생각하고 치워라."

건우의 말이 끝남과 동시에 마지막 버스가 승강장을 떠났다. 천천히 어둠속으로 사라지는 버스를 보니 갑자기 눈물이 나왔다. 건우는 슬퍼할 일이 아니라고 했지만, 그 말은 그저 허공을 맴돌 뿐 귀에 들어오지 않았다. 민희와 헤어질 때보다 충격이 몇 배는 더 크게 다가왔다.


"그렇게 좋냐? 그럼 방법을 하나 알려줄게. 이거 안 통하면 그 여자는 니한테 아예 마음 접은 거니까 그래 알고 포기해라. 알겠제. 알겠나? 그래 인마. 3일만 딱 참아라.

뭐냐면……."

들어보니 이 방법이 통하지 않으면 그녀는 내게 마음이 없는 것이 분명해 보였다. 마지막 방법이었다.

사흘 후, 선아는 나를 만나러 먼 길을 달려왔다.

# 8

 선아는 연애 고수 건우의 심리전에 걸려들었다. 자기 속마음을 확인하고 당황해했다.

 "3일만 딱 참아라."

 건우는 내게 3일간 잠수를 타라고 일러주었다. 그 당시에는 그게 무슨 소용 있는 일인가 싶었다. 하지만 곧 이해했다. 건우 말대로 그녀가 내게 마음이 없다면 그 3일 동안 아무 연락도 오지 않을 것이고 나는 마음을 접으면 그만이었다. 건우는 마지막으로 당부했다.

 "배터리를 빼거나 전화기를 끄면 안 된다."

"왜? 꺼놔야 하는 거 아닌가?"

잠시 뜸을 들이던 건우가 말했다.

"그래야 미치지."

3일 동안 전화가 세 번 왔다. 휴대전화는 거칠게 몸을 흔들며 내게 전화를 받으라고 소리를 질러댔지만 잘 참았다. 세 번째는 이것만 참으면 선아를 볼 수 있다는 생각이 퍼뜩 들어 간신히 참았다. 세 번이나 전화가 오는 것을 보니 기대감도 커졌다. 건우가 의기양양하게 말했다.

"봐라. 그래도 마음이 있긴 있었나 보네."

그녀가 내 앞에 서 있었다. 건우가 말해준 대로였다. 그녀는 처음에 나와의 관계가 가볍게 이어지다가 끝날 것으로 생각했다. 날은 추워지고 마음은 외로웠으니 새로운 따스함이 필요했다. 선아는 나를 만나자마자 울었다.

3일 동안 연락이 닿지 않자 걱정되어 미치는 줄 알았다고 했다. 혹시나 자신에게 오다가 사고가 난 것은 아닌지, 내가 잘못된 선택을 한 것은 아닌지 너무 걱정스러웠다고 했다. 선아는 이런 자신의 마음을 확인하고 놀라워하면서 혼란스러워했다. 지난 시간을 지켜준 남자친구와 나를 두고 갈피를 잡지 못했다.

# 9

 개학이 왔고 우리는 다시 만날 시간이 많아졌다. 하지만 긴 세월 동안 쌓아온 남자친구와의 관계는 쉽게 정리되지 않았다. 선아는 오히려 몇 번 나와 관계를 정리하려고 했다.

 나는 놓아줄 마음이 없었다. 내가 사용한 방법은 '울기'였다. 엉엉 울면 선아는 어쩔 줄 몰라 했다. 이 방법이 먹혀들자 계속 이 방법으로 선아의 마음을 약하게 만들었다. 선아는 지쳐갔다. 나는 선아 얼굴에 드리운 그림자를 외면했다.

 내가 버림받는 슬픔을 느끼지 않는 일이 더 중요했다. 버림받지 않기 위해서 더 끈끈하게 달라붙고 계속 매달렸다. 차안대로 시야를 가린 경주마 같았다. 좁아진 시야로 온 신경은 온종일 그녀를 향해 있었고 그 외에 다른 것들은 아무것도 보이지 않았다.

나는 선아에게 남자친구와 헤어지라고 당당하게 요구하기 시작했다.

"비난은 내가 들을게. 내가 너 꾀었다고 하라니까? 나쁜 건 내가 다한다고 했잖아! 사실대로 말하고 헤어져!"

"사실대로 어떻게……."

선아와 만나고 집으로 돌아오면 괴로웠다. 당당한 모습을 보여주어야 내게 올 것만 같아서 그런 척했지만, 그런 나를 허무하게 바라보는 자의식 때문에 힘이 빠졌다. 아무도 없는, 온기도 없이 어두운 집에서는 그런 의식이 더 강하게 나를 압박했다. 선아에게 생긴 집착과 그것을 비난하는 도덕적 양심 사이에서 이중의 감정 수모를 겪었다. 그래도 선아가 내게 와 준다면 이 모든 것을 보상받을 수 있다고 생각했다.

"아메리카노 따뜻한 거 주세요. 중간 사이즈요."

오후 3시를 막 넘어가고 있었다. 귓기에는 노래가 흘러들어오고 있었다. 정키의 「홀로」였다. 왠지 그닐은 가사가 귀에 잘 들어왔다.

> 아침에 눈을 떴을 때
> 텅 빈 방 안에 나 홀로

근처 다른 카페에서 선아는 남자친구와 이별을 하고 있다.

결국, 나는 선택받았다. 사실대로 말하고 관계를 정리할 것을 원했지만 쉬운 일이 아니었다. 먼저 이별하자고 말하는 사람에겐 상황과 무관하게 어느 정도 죄책감이 생기게 마련이다. 상대방 마음을 아프게 한다는 생각만으로 괴롭기 때문이다. 그런데 나라는 존재가 이별 뒤에 그림자처럼 붙어있으니 선아 마음은 더욱 무거웠다. 나와의 관계는 뒤로 숨겨둔 채 이별하기로 했다. 지금쯤 이별을 끝냈을 시간이다.

> 헤어날 수 없는 나와
> 멀어져만 가는 너를 바라봐

　흰 컵에 담긴 아메리카노에 시선을 고정한 채 멍하니 앉아있었다. 노래 때문인지, 흐린 날씨 때문인지 마음이 기쁘지 않았다. 이제 선아를 당당하게 만날 수 있다는 기쁨보다 그 남자친구가 느낄 아픔이 더 신경 쓰였다. 커피가 식어갔다. 밍밍해진 커피를 한숨에 들이켜고 카페 입구를 바라보았지만 굳게 닫힌 문은 좀처럼 열릴 기미가 보이지 않았다. 초조해 화장실로 갔다. 거울에는 무표정하게 굳은 내 얼굴이 보였다.

　선아가 들어왔다. 눈이 부어있었다. 나와 눈을 마주치지도 않고 옆에 앉더니 내 가슴에 얼굴을 묻고 울기 시작했다. 한참을 아주 슬프게 울었다. 울음소리는 작았지만 멀리서 들을 수 있을 정도로 또렷했다. 그렇게 슬피 우는 소리는 태어나서 들어본 적이 별로 없었다. 귀에 내려앉은 울음소리와 떨리는 선아의 몸에서 극도의 슬픔이 느껴졌다.

> 너와의 기억에
> 홀로 나 홀로 무너질 가슴 안고 살아
> 보고 싶어 매일 널 그리며 살아
> 다시 아파한다 해도 내게 손 내밀어
> 그저 날 사랑한다고 말해줘

이렇게까지 슬퍼하는 선아를 보자 덜컥 겁이 났다.

> 나 하나만 바라보며 사랑한다고 말했던
> 그때의 우리로 돌아갈래

    지난날 민희와 헤어지고 나서도 몇 개월을 민희와의 추억으로 힘들어했던 내 모습이 떠올랐다. 선아의 등은 계속 흔들렸고, 그 울음소리는 반복해서 내 가슴을 통과하여 등 뒤로 빠져나갔다. 가슴 한가운데 커다란 구멍이 뚫린 기분이었다.
    '내가 지금 무슨 짓을 한 거지?'

울음소리는 반복해서 내 가슴을 통과해 등 뒤로 빠져나갔다

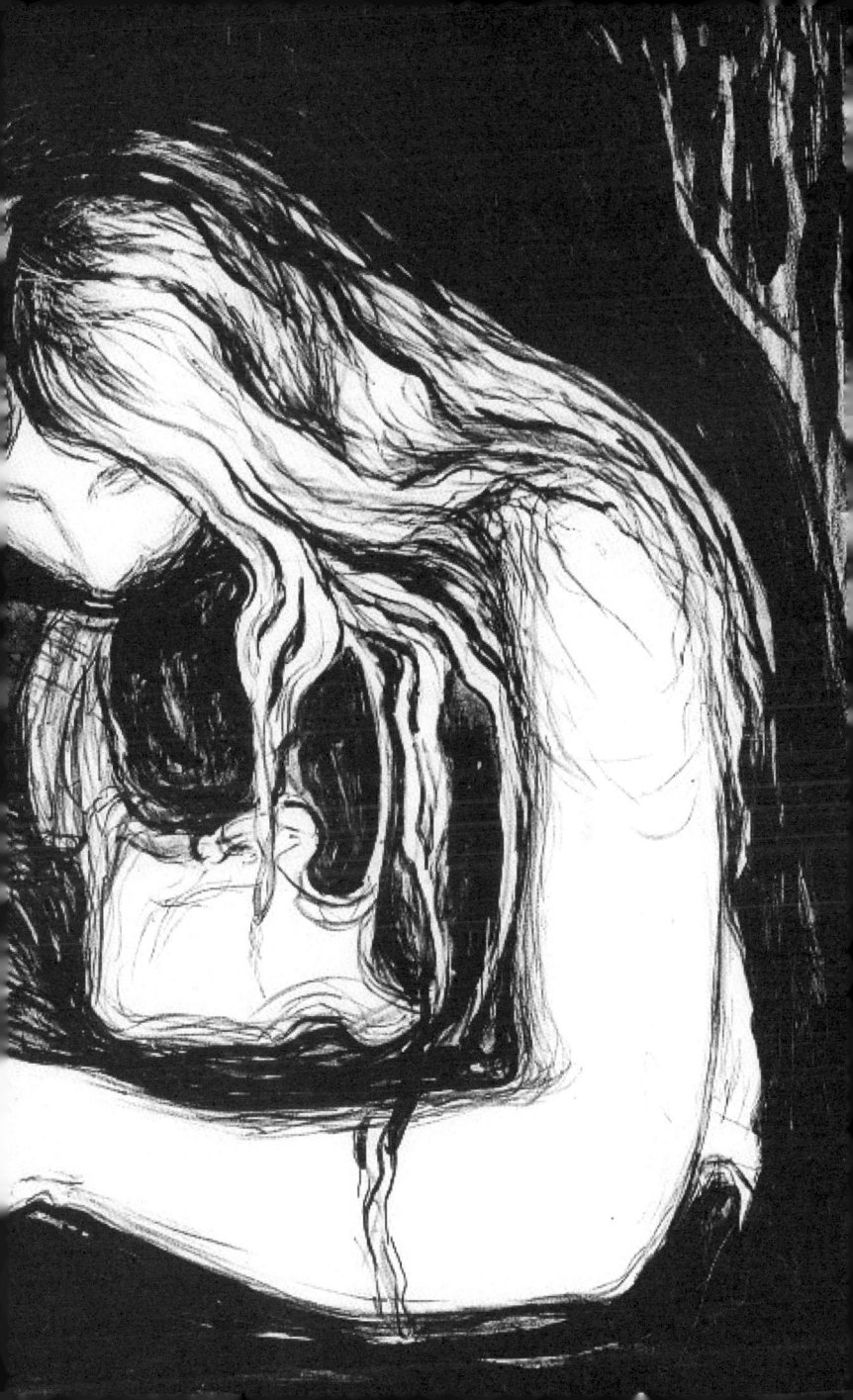

5장

**파도**

# 1

내 연애는 서툴렀다. 선아가 겪는 슬픔은 내가 얼마든지 감당해낼 수 있다고 예상했다. 하지만 틀렸다. 그녀는 상상 이상으로 힘들어했다. 내가 할 수 있는 건 위로의 말 몇 마디와 애정을 쏟아 헤어짐의 공백을 메꾸는 역할이었지만 어느 것 하나 제대로 되지 않았다. 남자친구가 주었던 안정감을 나는 그녀에게 제공할 수 없었다. 선아의 얼굴은 차차 싸늘하게 변했고 웃음은 사라졌다.

'내가 더 잘해줘야 해. 한 달 정도면 안정을 찾을 거야.'

선아가 송곳 같은 말을 내뱉더라도 나는 견뎌야 했다. 그녀가 원하는 대로 맞추며 관계를 이어나가는 것이 이 어두운 상황을 빨리 벗어날 방법이라고 생각했다. 하지만 다른 사람의 기분에 맞춰 행동하는 일은 쉽지 않았다. 특히 감정적으로 마이너스가 된 사람의 비위를 맞추는 것은 큰 에너지와 인내가 필요했다.

견디기 어려운 순간은 금방 찾아왔고 그럴 때 나는 선아의 차가운 모습에 화가 났다. 하지만 표현할 방법이 없었다. 나는 마음이 넓은 남자가 되어야만 했다. 야간 자율학습 감독을 마치고 집으로 돌아왔다. 씻고 나오니 선아에게 부재중 전화가 와있었다.
"전화했었네. 아직 안 잤어?"
"응."
"목소리가 안 좋네. 무슨 일 있었어?"
"아니."
무슨 일이 있는 목소리였다.
빠르게 오늘 하루 있었던 일들을 되돌아보았다. 아무리 생각해봐도 내가 잘못한 것은 없었다.
"아닌데, 목소리가 안 좋은데요. 무슨 일이야?"
선아는 한숨을 내쉬었다.
"서준."
"응?"
"서준은 나 사랑해?"
"응? 왜? 당연하지."

"당연하다?"

"응."

"난 오빠가 나를 사랑하지 않는 것처럼 느껴져."

불안해졌다. 갑자기 이런 말을 꺼내는 선아 마음을 헤아리기 힘들었다. 오늘 저녁까지 다른 사람들 틈에서 잘 지내왔다. 마지막으로 본 선아는 웃으며 퇴근하고 있었다. 나에게 '고생해.'라고 따뜻하게 말하며 퇴근했는데 불과 몇 시간 만에 온도가 완전히 바뀌었다. 종잡을 수 없었다.

"왜 그렇게 생각했어?"

"서준은 학교 끝나면 내가 안 보고 싶어?"

"아! 보고 싶지!"

"그런데 왜 보러 안 와?"

"아……. 낮에도 계속 봤고."

"그래……. 낮에 봤지. 알았어. 잘 자요."


다투는 시간이 많아졌다. 다퉜다기보다는 사실 혼이 났다는 표현이 어울렸다. 선아는 헤어지고 나서야 전 남자친구의 공백을 실감했다. 그로부터 누리던 따뜻함을 스스로 버린 것이나 다름없었고 그 사실에 화가 난 선아는 분노를 풀 상대가 필요했다.

선아 눈치를 보며 하는 내 행동은 언제나 한 박자씩 느렸고 충분하지 못했다. 전 남자친구가 주던 온기와 편안함은 내게 없었다.

"서준. 왜 학교에서 개인적으로 연락 안 해?"

"아……. 네가 학교에서는 관계를 숨기자고……."

"메신저 있잖아."

"아……. 맞네. 미안해. 티 날까 봐……."

우리는 잠자리에서 서로 잘 맞았다. 몸의 대화를 나누고 함께 누워있으면 꽤 오랫동안 기분이 좋았다. 나도 좋았지만, 선아가 기분 좋아 보이는 그 모습을 보면서 안도감을 느꼈다. 그 때문에 나는 섹스에 열중했다. 마음을 채워줄 수 없다면 이렇게 몸으로 좋은 기분을 자주 만들어야겠다고 생각했다. 몸이 주는 좋은 감각이 마음을 돌리는 데 도움을 줄 것 같았다.

"서준."

"응?"

"사랑이 뭘까?"

"사랑? 갑자기 왜?"

"…… 난 잘 모르겠어. 사랑이 뭔지."

언젠가 섹스가 끝나고 함께 침대에 누워있을 때 선아는 멍한 표정으로 천장을 응시하며 사랑에 대해 물었다. 사랑이 뭔지 잘 모르겠다는 선아. 비참한 기분을 느꼈지만 내색하지 않았다. 내가 할 수 있는 것은, 아니 그 상황에서 내가 해야 한다고 생각한 것은 그녀의 우울함을 달래기 위한 노력이었다.

한숨은 아껴야 했다. 나오지 못한 채 응어리진 한숨은 차갑게 식어 마음 깊은 곳으로 가라앉았다.

 갈등을 풀기 위해 나도 선아도 노력했지만, 우리 노력은 허공을 헤매는 두 손바닥처럼 빗맞기 일쑤였다. 아무것도 잡지 못하는 허무한 손짓을 계속했다. 무의미한 행동은 감정 소모를 반복했고 나중에는 손짓마저 멈췄다.
 '하……. 또 시작이네…….'
 싸늘하게 변한 선아를 달래려 노력했지만 어림도 없었다. 오랜 시간이 흘러 선아가 정상으로 돌아올 시점에는 내가 지쳐 감정이 상하는 상황을 반복했다. 선아는 그런 나를 보고 다시 가라앉아 버렸다. 우리 감정은 시소에 앉은 것처럼 오르락내리락을 반복했다.

# 2

 

 나는 초보 운전자였다. 차선을 맞춰 달리고 깜빡이를 넣은 뒤 차선을 바꾸고, 사이드미러를 확인하며 주위에 차가 있는시 없는지 확인하는 것까지 어느 것 하나 익숙하지 못한 내 운전을 선아는 답답해했다. 차 뒤에 붙인 초보운전 표시까지 부끄러워하는 것 같았다.

 1km 전방에 과속단속 구간입니다.

 띠링. 띠링.

 내비게이션 안내 음성을 듣는 순간부터 나는 속도를 늦췄다. 선아가 낮은 소리로 말했다.

"왜 벌써 속도를 늦출까."

"응?"

"옛날 그 사람은 근처에 가서 속도를 늦췄거든."

"아……. 그래."

"오빠처럼 천천히 달리는데 1차선에 있으면 다른 차에 방해될 걸. 차라리 2차선으로 가."

"아……. 그렇겠네."

# 3

 

어느 늦여름 주말, 화창한 토요일에 멀리 연수를 떠나야 했다. 나만 신청한 소규모 연수였지만 선아는 굳이 나를 따라왔다. 혼자 시골에 남아있기가 심심하다는 이유였다. 도시에 간 김에 영화도 보고 맛집도 갈 생각에 우리는 들떴다. 이른 아침부터 운전했기에 나도 선아도 피곤했다. 연수장은 생각보다 컸다. 커다란 강당에 50여 명 남짓 모여 연수를 시작했다.

선아는 연신 하품을 하더니 이렇게 말했다.

"안 되겠어. 오빠. 나 차에 가서 잘게."

"더울 텐데?"

"괜찮아. 눕고 싶어."

선아는 차로 돌아갔다. 연수는 열두 시에 마쳤고 아는 사람이 아무도 없었던 나는 인사하는 사람들을 뚫고 연수장을 빠져나갔다. 선아가 더위 속에서 기다리고 있다는 생각에 마음이 바빴다. 해가 중천에서 내리쬐고 있었다. 연수원 주변의 나무들과 주차장 위에 일렬로 서 있는 차들은 강한 빛의 무게를 견디며 벌서고 있는 것처럼 힘들어 보였다.

나는 그림자를 끼고 빠른 걸음으로 차로 향했다. 온몸에서 땀이 솟아나기 시작했다. 차는 아직 그늘 밑에 있었다. 건물에 바짝 붙여 주차한 것이 다행이었다. 다가가 보니 차 뒷좌석 창문이 열려있고 선아는 잠들어 있었다.

운전석을 열려고 손을 뻗는 순간 전화가 울렸다. 나는 차 주변을 어슬렁거리며 오랜만에 연락 온 친구와 잠깐 대화를 나눴다. 통화를 끝내고 차 문을 열자 선아가 깨어있었다.

"일어났네? 잘 잤어?"

"……"

표정이 좋지 않았다. 고개를 돌린 채 창밖을 바라보며 입을 다물고 있었다. 또 시작이라는 생각에 짜증이 올라왔다.

"배고프지? 출발할게. 어제 봐둔 맛집으로 가자."

"응. 출발해."

운전하는 동안 선아는 계속 뚱한 표정으로 창밖을 바라볼 뿐이었다.

"선아야. 기분 안 좋아?"

"조금"

"왜 기분이 안 좋아졌어?"

"오빠는 내가 기다리는 줄 알면서 밖에서 왜 그리 오래 통화해?"

바닷가 근처의 카페에 바람을 쐬러 갔을 때였다. 선아는 맑고 선명한 하늘과 푸른 바다를 보며 기분 좋아했다.

"나 저녁에 문제집 관련해서 선배들이랑 검토회의가 있어서. 한 시간 정도 걸릴 것 같은데 여기서 문제 좀 봐도 괜찮아?"

"응 괜찮아. 나도 일거리 가져왔어."

나는 문제를 검토하기 시작했고 선아는 노트북을 꺼내 자기 일을 하느니 이십 분쯤 지나 바다 구경을 한다며 나갔다. 잠시 후 선아는 다시 카페로 돌아왔고 나는 문제를 보느라 정신이 없었다. 한 시간이 채 지나지 않아 검토가 끝났다. 앞을 보니 약간 화가 난 듯한 표정의 선아가 있었다. 자신을 앞에 두고 한 시간이나 아무 말도 먼저 꺼내지 않았다는 게 이유였다.

선아는 자주 화를 냈고 나는 그때마다 짜증이 났지만 목 아래로 꾹꾹 눌러 담았다. 결국, 나는 내 목소리와 표정을 잃어갔다.

감정이 소강상태에 접어들었을 때는 선아가 종종 이렇게 말했다.

"서준. 나 누구 만나면서 이렇게 많이 싸우는 건 정말 처음이야."

잠깐 침묵이 흐른 후 선아는 손으로 얼굴을 가리며 이렇게 덧붙였다.

"아. 진짜 왜 이러지. 미안해."

# 4

여름방학을 앞두고 훈민이가 방문했다. 저 멀리서부터 양팔을 벌리고 빠른 팔자걸음으로 다가와 나를 안았다. 합격 후 오랜만의 만남이라 무척 반가웠다. 훈민이는 산골 남자 중학교에서 근무하고 있었다. 애들이 대체 원숭이들 같다며 하루에도 유리창이 하나씩 깨진다는 둥 혀를 내두르면서 중학생들의 활기찬 에너지에 대해 설명했다. 우리는 서로의 안부를 물으며 바닷가 근처 카페의 그늘진 테라스에 자리를 잡았다.

최근 커피를 줄이고 있는 그는 레몬에이드를, 나는 아이스 아메리카노를 주문했다. 훈민이는 오랜만에 보는 바다 앞에서 한동안 입을 다물지 못했다. 멀리 방파제 끝에 있는 빨간 등대에 시선을 고정한 채 말을 꺼냈다.

"서준아. 와. 여기 완전 천국이네."

"맞제. 바다가 가까워서 좋다."

잠시 바다를 바라보던 훈민이는 미소를 지으며 나를 쳐다보았다.

"요즘. 삶의 낙이 뭐야?"

"삶의 낙?"

훈민이는 자주 이런 질문을 던졌다. 삶의 낙이 뭐냐, 앞으로 하고 싶은 게 뭐냐, 어떻게 살고 싶냐 같은 질문들이었다. 나는 이런 질문을 받으면 대답하기가 곤란했는데 왜냐면 어떻게 대답 한들 뻔해 보였기 때문이다.

"뭐. 낙이랄 게 있나. 맛있는 것 먹고, 여자친구랑 놀러다니고……."

대충 둘러대듯 말하고 하늘을 나는 갈매기를 쳐다보았다. 훈민이에게 저 갈매기도 낙이라는 게 있을까하고 물어보니 눈썹을 들어올리며 모르겠다는 표정을 지었다. 쉽게 대답하기 힘들었다. 매번 먹는 것이나 여행, 영화 감상 같은 대답만 반복적으로 나왔다.

"여친님이랑은 어찌 지내?"

"요즘엔 좀 괜찮은데, …… 처음엔 엄청 싸웠지."

훈민이는 그럴 줄 알았다는 듯 짧게 한숨 쉬며 손을 내 어깨에 슬며시 올렸다. 선아와 비밀스러운 만남을 하고 있을 때 훈민이에게 복잡한 마음을 전했었다. 훈민이는 남의 눈에 눈물 나오게 하면 니 눈에는 피눈물 난다며 절대 반대를 외쳤다.

"반대했었지……."

"지금 잘 지내면 됐다."

훈민이는 최근 결혼으로 고민이 많아 보였다. 지금 만나는 여자 친구와의 미래를 물었을 때, 쉽게 입을 열지 못했다. 혀로 메마른 입술을 적시더니 생각이 많은 눈으로 내게 물었다.

"어떤 결혼이 좋은 결혼일까?"

잠시 생각에 빠졌다. 좋은 결혼이라.

"서로 솔직하게 진실한 대화를 함께 나누는 결혼?"

"흠……."

"솔직하게 자신을 터놓고 이야기하면 깊은 이해에 도달할 수 있을 거고, 그게 사랑으로 이어지지 않을까? 서로를 자세히 알수록 좋을 것 같은데."

훈민이는 고개를 천천히 끄덕이더니 양 팔을 머리 뒤로 보내 깍지를 꼈다. 내가 되물었다.

"너는?"

"나는 축복받는 결혼을 하고 싶어. 양가 가족들 모두 축복해주는 결혼. 만약 어느 한 쪽에서라도 반대하고 그러면 엄청 불행할 것 같아."

그 말이 왠지 멋있었다. 양가의 지지와 축복을 받는 느낌을 생각해보니 기분이 좋았다. 새로운 인생을 시작하는 두 사람에게 중요한 요소라는 생각이 들었다.

# 5

"괜찮지? 다녀와도?"

"…… 꼭 민수랑 가야 해?"

토요일 낮이었다. 아버지 생일파티 때문에 잠시 고향에 내려와 있었다. 막 배스킨라빈스에서 아이스크림 케이크를 사려는 참이었다. 시계는 낮 12시 30분을 가리키고 있었다. 전화기 너머로 선아의 애교스러운 목소리가 들려왔다.

"뭐 어때? 종일 할 것도 없고. 민수가 방금 가자고 연락 왔어. 근처만 잠시 돌다 오려고."

"……"

날씨가 좋기는 했다. 초여름 하늘에는 구름도 적당했고 빛은 강하지 않았다. 게다가 바람에 흔들거리는 가로수 잎을 보니 마음이 살랑살랑 들떴다. 소풍 가기 딱 좋은 날씨였다.

"응? 자전거만 타는 건데 뭐 어때?"

"그래도……."

"걱정 마. 그냥 운동만 하고 오려는 거야."

"다른 동기들도 불러서 같이 가면……."

"아니. 나만 여기에 휑하니 두고 오빠는 고향으로 가버렸잖아 바보야."

"그건 미안한데."

"그리고 이번 주는 동기들 아무도 없고 나랑 민수 밖에 없어."

"아. 그래?"

결국 내가 할 수 있는 건 기분 좋게 다녀오라는 말뿐이었다.

"어디로 갈 건데?"

"해안 산책로 따라서 쭉 갔다 올 것 같아."

시원하고 길게 쭉 뻗은 해안산책로를 따라 5km 정도의 도로가 있었다. 선아와 나는 주말이면 주로 그곳을 산책하거나 자전거를 타고 시간을 보냈다. 자전거는 자연경관을 즐기면서 건강도 챙기는 좋은 취미였다. 내가 아는 곳으로 간다고 하니 마음이 놓이긴 했다. 대범한 모습을 보여주고 싶어 호쾌하게 통화를 마무리했다.

마음 한구석에 불편한 기운이 스미기 시작했다. 민수가 조용한 곳에서 분위기를 잡은 채 꽃다발을 내밀며 고백하는 장면이 떠올랐기 때문이다. 당시는 선아가 전 남자친구와 헤어졌다는 소문이 학교에 퍼져 있었다. 나와의 만남은 숨기고 있었기에 민수가 이런 기회에 고백할 가능성도 있었다.

한 시간 후 잘 다녀왔냐는 문자를 보냈지만, 답장은 몇 시간이 지나도록 오지 않았다.

'진짜 고백하면 어쩌지? 아. 괜히 보냈나.'

둘이 예전에 가로등 아래에서 장난을 치며 뛰어다니던 장면이 머리에 떠올랐다. 둘이서 즐겁게 자전거를 타며 하하 호호 놀고 있을 것이라는 생각에 슬슬 열이 받기 시작했다.

흐릿한 눈동자로 인상을 잔뜩 찌푸린 채 고기만 주워 먹는 내 보습을 보고 동생은 말 좀 하며 먹으라고 타박했다.

오후가 거의 다 지나서 답장이 왔다. 너무 멀리까지 다녀오는 바람에 답이 늦었다는 것이다. 후다닥 방으로 들어가 전화를 걸었다.

"별일 없었어?"

"응. 너무 멀리 다녀와서 피곤해. 민수가 처음 가는 길로 마구 끌고 다녀서. 엄청나게 헤맸어."

"그랬구나. 많이 피곤하겠다. 얼른 씻고 쉬어."

별일이 없었다고 했다. 선아의 말에 따르면. 어두운 풀숲에서 두 눈을 번뜩이며 소리 없이 돌아다니는 뱀 같은 불안이 내 마음 한 구석에서 꿈틀거리기 시작했다.

'처음 가는 길로 마구 끌고 다녔다고?'

# 6

 주말은 선아 집에서 함께 보냈다. 사람들 눈을 피하려 해가 진 후 새벽을 틈타 선아 집으로 갔다. 모자를 푹 눌러쓰고 오버사이즈 후드티까지 입어 얼굴을 최대한 가렸다.

 까치발로 계단을 살금살금 올랐다. 어쩌다 계단 위에서 누군가 내려오는 소리가 들리면 다시 뒤돌아 내려갔다. 무사히 현관문을 열고 들어가면 아늑했다.

 현관을 경계로 집안과 바깥 공기는 확연히 달랐다. 다른 우주로 차원 이동하는 느낌이었다. 선아는 주로 책을 읽거나, 운동하거나, TV를 보며 오이 마사지를 했다. 방문을 열자 회색 짧은 반바지와 흰 반소매 티를 입은 선아가 스쿼트를 하고 있었다.

"오빠. 왔어? 오느라 고생했어."

"불 켜고 운동하지. 불은 왜 껐대."

TV에서는 슈퍼스타K를 방영하고 있었다. 어떤 남자가 파란 조명 아래에서 노래를 부르고 있었다. 음악방송에는 관심이 없었기에 시선을 선아에게 옮겼다. 아름다운 곡선을 이루는 선아의 하체는 타고난 부분도 있었지만 철저한 자기 관리의 결과였다. 엉덩이가 올라가고 내려갈 때마다 내 눈동자도 올라가고 내려갔다. 작고 귀여운 체구의 선아가 땀 흘리며 운동하는 모습이 사랑스러웠다.

선아는 내 시선을 부끄러워하며 운동을 멈추고 침대로 올라왔다.

"저건 누구야?"

"김필."

김필 목소리는 방안을 감미롭게 채웠다. 약간 힘이 들어간 미간과 아련한 눈빛으로 노래에 집중하는 목소리는 매력적이었다.

선아의 표정을 보았다.

"모야. 그 눈빛은."

이런 행복한 표정을 좀처럼 본 일이 없던 나는 질투도 났지만, 기분이 좋기도 했다. 선아 얼굴은 빨갛게 변해 있었다.

"뭐야. 나랑 있을 때는 이런 표정 안 보여줬잖아."

"푸하하하. 오빠 지금 질투하는 거야?"

선아는 내 반응을 재밌어했다. 항상 마음 넓은 모습만 보여주려고 했다. 선아는 이런 상황과 내 반응에 신선함을 느끼는 듯했다. 등을 돌리고 약간 기분 상한 연기를 했다.

"김필인가 연필인가 그렇게 좋으면 필이랑 사귀던가. 아니 그냥 아예 같이 살던가."

"으흐흐흐 오빠. 왜 그래."

선아는 등 뒤에 붙어서 으흐흐흐 웃음소리를 내며 나를 안았다. 선아는 TV를 음소거하고 휴대전화로 음악을 재생시켰다. 김필의 다른 노래들이었다.

"와. 네, 마치 김필 콘서트에 온 것 같군요. 정말 영광입니다."

선아는 나를 꼭 껴안았다. 등 뒤로 선아의 크고 부드러운 가슴이 느껴졌다. 여자의 몸은 왜 이렇게 부드럽고 기분이 좋을까를 생각하며 몸을 돌려 선아를 바라보았다.

노래를 듣는 그녀 모습은 행복해 보였다. 나는 약간의 연기혼이 불타올라 계속 질투하는 표정으로 그녀의 배와 가슴을 손가락으로 가볍게 콕콕 눌러댔다.

선아는 행복한 웃음소리를 냈다.

# 7

새 학기를 시작하면 일주일 정도 적응하는 시간이 필요했다. 방학 동안 생활 리듬이 깨지기 때문이다. 개학 전날, 나는 긴장하고 있었다. 선아에게도 낯선 느낌을 받았다.

몇 시간 전 시골에 도착했을 때 선아의 떨떠름한 표정이 마음에 걸렸다. 나는 한눈에 뭔가 일이 있었다는 걸 눈치챘다.

"개학이라니. 좋기도 하고, 싫기도 하고 이상해. 기분이."

"그치? 나도 그래. 피곤하기도 하고."

"왠지 긴장되는데. 오랜만에 애들 본다니까."

시동을 켜면서 빠르게 머리를 굴려 목적지를 생각했다.

"개학 기념으로 맛있는 것 먹으러 갈까?"

"응. 좋아."

"읍내에 새로 레스토랑이 생겼던데, 어때?"

"레스토랑? 읍내에?"

"호랑샘이 알려주더라고. 자. 출발합니다. 손님 안전띠를 매주세요."

나는 운전하기 전 곧잘 비행기 기장 흉내를 내곤 했다. 선아는 재밌어했다.

"아-아- 승객 여러분께 알립니다. 오늘은 한 분이군요. 저는 승객 여러분의 여행을 책임질 기장 서준입니다. 본 31가1234 차량의 목적지는 읍내, 읍내입니다. 도착 예정 시간은 30분 후인 5시 30분입니다. 현재 읍내의 날씨는 맑은 편이며 저녁까지 더울 예정입니다. 원피스를 예쁘게 입은 모습을 보니 제가 기분이 좋군요. 목적지까지 편안하게 모시겠습니다.

출바알."

음식은 맛있었고 기분이 좋아진 선아는 좀 더 멀리 나가고 싶어 했다. 외진 곳에 있는 카페로 가기로 했다. 카페는 건물 외벽이 온통 흰색인 것이 인상적이었다.

입구에 있는 자갈밭을 지나 조금 걸어가니 바다가 한눈에 보이는 테라스가 나왔다. 저녁 시간이라 카페에는 사람들이 많았다.

사람들이 별로 없는 테라스에 자리를 잡았다.

얼른 해가 넘어가 시원한 바닷바람이 불어와 주기를 바랐다. 아이스아메리카노 두 잔을 앞에 두고 우리는 노을이 아름답게 수놓은 바다와 하늘이 만나는 지점을 한동안 바라보았다.

커피를 반쯤 마셨을 때 선아가 나를 조용히 쳐다보았다. 말을 꺼낼까 말까 하는 표정이었다. 나는 눈썹을 살짝 들어 올리고 입술을 내밀며 말했다.

"왜? 할 말 있어?"

"응."

"뭔데?"

"아마 들으면 화낼지도 몰라."

"그럼 듣지 말까?"

"그래도 말하고 싶어."

"그럼 말해줘."

"방학 동안에 그 사람 만나고 왔어."

굳이 캐묻지 않아도 알 수 있는 그 사람.

"화났어?"

나는 고개를 저으며 바다를 보았다.

"그랬구나. 어땠어?"

선아는 두 손으로 얼굴을 가리고 울기 시작했다.

카페 로고가 새겨진 냅킨을 몇 장 건넸고 선아는 잠시 후 울음을 그쳤다. 고맙다는 말과 함께 이야기를 시작했다. 살이 많이 빠지고, 힘들어하는 모습을 보니 마음이 너무 아프다는 얘기였다. 파도의 리듬에 맞춰 들썩이는 선아의 어깨를 토닥여주었다.

# 8

 

놀라웠다. 이번 방학의 만남으로 정리하지 못한 감정을 다 풀었을 것이라는 내 예상과 달리 선아는 그를 만나고 온 다음부터 더 힘들어했다. 헤어짐의 슬픔과 파괴력을 온몸으로 받아내며 견디고 있는 전 남자친구의 모습이 큰 충격이었던 모양이다.

그렇게 선아는 몇 개월 전의 상실감으로 되돌아갔다. 선아는 홀로 있고 싶어 했다.

"그만, 우리 헤어지자."

선아의 말에 나는 아기처럼 변했다. 자존심 다 버리고 이렇게 하면 헤어지지 않을 것이라는 계산과 함께 아기처럼 서럽게 울어댔다. 엉엉 소리까지 내면서. 마음 약한 선아는 예상대로 나를 떠나지 못했다.

눈빛과 말투에서 냉기가 느껴질 때는 더욱 섹스에 집착했다. 육체에서 느껴지는 따뜻한 감촉이 선아의 마음으로 흘러가기를 바라면서.

날이 추워지면서 선아의 감정은 안정을 찾은 듯 보였다. 시간이 약이라는 생각이 들었다. 선아는 점점 밝고 따뜻한 웃음을 내게 보여주었다. 감정이 제자리에 돌아오면서 시소는 균형을 찾기 시작했다. 감정 소모도 줄었고, 설령 싸운다고 해도 이내 해결하는 방향으로 말과 행동을 선택했다.

유독 그 해는 추위가 빨랐다. 시골 추위는 더 황량하고 메마르다. 강한 추위가 어둠과 함께 골목에 몰아치기 시작하면 가로등 불빛들은 추위를 견디지 못하고 덜덜덜 떠는 것처럼 보였다.

나는 매일 손난로를 챙겨 선아 코트 주머니나 교무실 책상 위에 몰래 올려놓았고 그러면 선아는 좋아했다. 추위 덕분에 우리는 집에서 많은 시간을 보냈는데, 대화를 깊게 할 수 있어서 좋았다. 안정된 감정 속에서 서로의 마음이 더 가까워지는 느낌이 들었다.

선아의 이야기를 많이 듣고 싶었다. 솔직하게 서로의 이야기를 털어놓다 보면 언젠가는 완전한 이해에 도달할 수 있을 것으로 믿었다. 이해는 사랑으로 이어지리라 생각했다.

# 9

 어느 초겨울 저녁. 선아의 집을 찾았다. 선아는 샤워 중이었다. 도착했음을 알리고 방 안으로 늘어갔다. 외투를 벗고 침대에 걸터앉으니 베개 위에 휴대전화가 보였다. 함께 누워 움직이다 보면 휴대전화가 침대머리판과 매트리스 사이로 떨어지는 경우가 종종 있어서 그것을 집어 책상 위로 옮기려고 했다.

 그 순간 진동이 울리며 메시지 알림이 떴다.

 '응원해줘서 정말 고맙다.'

 추궁할 의도는 아니었다. 그즈음 우리는 과거 이야기를 서로 편하게 나누던 시기였기에 이번에도 서로 솔직하기만 하면 무슨 이야기라도 이해할 수 있을 것 같았다.

"응? 아. 그게······."

선아는 차분하게 설명했다. 그녀의 입에서 나오는 목소리는 평소보다 정갈하고 차분하고 침착했다. 다음 주가 그의 시험이라 응원해주고 싶었다는 내용이었다. 응원 선물로 빼빼로 하나를 전했다고 했다. 머리로는 이해할 수 있었으나 마음속 깊은 곳에서 화가 솟구쳐 올라왔다. 나는 침대에 앉아 천장을 바라보며 침묵했다.

선아는 머리를 말리기 시작했다. 어정쩡하게 서서 거울을 보며 머리 말리는 모습을 보면서 의심은 확신으로 굳었다. 최근 안정감을 보인 건 아마 그와 계속 연락을 하고 있었기 때문이리라. 선아의 시소에는 그녀 혼자만 앉아있는 것이 아니었다. 굳은 얼굴로 집에 돌아왔다. 이제껏 슬픔이나 억울함은 많이 느꼈지만 이렇게까지 화가 치밀어 오른 적은 없었다.

계속 전화가 왔지만 받지 않았다. 어두운 방에 앉아 스탠드 불빛을 멍하니 바라보았다. 망상이 떠올라 괴로웠다. 나와 있는 모든 순간에 그를 떠올리며 대용품으로 썼다고 생각하니 분해 견딜 수 없었다.

소주를 두 병 사 왔다. 안주도 없이 소주 한 병을 벌컥벌컥 집어 넣은 뒤 침대에 누워 천장을 바라봤다. 구역질이 올랐다. 세상이 거꾸로 돌아가는 듯 천장과 창문이 좌로 우로 위로 아래로 빙빙 돌고 있었다. 전화는 쉬지 않고 울렸다. 속이 가라앉자마자 남아 있는 소주 한 병을 다시 벌컥벌컥 마셨다. 의식 저 아래에서 망상이 마구 솟구쳐 올랐고 그때마다 입에서 신음소리가 흘러나왔다. 분노는 광기로 변했다. 나는 책상을 마구 내리쳤다.

"씨발! 나는 뭐야! 씨발!"

6장

# 슬픈 여행

# 1

 겨울방학에 동기들과 함께 유럽 여행을 갔다. 약 2주간 독일과 프랑스, 이탈리아의 몇몇 도시를 도는 일정이었다. 파리에 도착한 후 사흘째 아침. 선아는 기분이 잔뜩 상해 있었다. 정확히 무슨 일 때문인지는 알 수 없었다. 짐작하기로는 어제 공금으로 사야 할 포도주를 사비로 사고 싶다고 나섰기 때문인 것 같았다. 선아는 정색을 했다.

 "그냥 공금으로 사."

 숙소로 이동하는 동안 조심스레 말을 붙여보았지만 돌아오는 대답은 한 겨울 파리의 날씨보다 훨씬 더 차가웠다. 그때부터 나도 거리를 두고 행동하기 시작했다.

미술관 근처에서 두 시간 정도 자유시간을 갖고 다시 모이기로 했다. 동기들은 따로 공원이나 광장으로 떠났다. 우리 둘은 목적지도 없이 어색하게 골목을 서성였다. 아무 말도 없이 앞서 걷는 선아. 말을 걸어도 돌아오는 대답은 추운 겨울바람과 뒤섞여 몸과 마음을 아프게 스치며 지나갔다. 결국, 나는 폭발해버렸다.

"아 진짜. 너 나한테 왜 그러는데!"

지나가던 서양인들은 흘끗흘끗 골목을 보더니 동양인 남자의 독기 어린 얼굴을 보고 고개를 돌려 제 갈 길을 갔다. 골목에는 한동안 노기 어린 말들이 울렸다.

이후에도 몇 번을 싸웠다. 낭만적인 여행지에서도 우리는 좋았다가도 금방 헤어질 사람들처럼 격렬하게 싸워댔다. 여독이 쌓이면서 마음은 더 좁아졌고 감정은 빠르게 식어갔다. 함께 여행하는 동기들 앞에서 이런 모습을 보이는 것이 수치스럽고 미안한 마음 때문에 부정적인 생각의 주기는 평소보다 더 자주 찾아왔다.

"이렇게 계속 싸울 거라면 차라리 헤어지는 게 낫지 않을까?"

귀국 하루 전 나란히 누워 선아가 말했다. 대답하지 않았다. 모든 결정은 한국으로, 우리만의 장소로 돌아간 후에 내려야 할 것 같았다.

시골에 도착한 그날 밤, 우리는 누가 먼저랄 것도 없이 이별을 선언했고 저항 없이 받아들였다. 상처만 주는 관계를 더는 외면할 수 없었다. 불 꺼진 선아의 방에서 우리는 나란히 누워 울었다. 헤어짐을 결단한 후에야 입에서 사랑스러운 말들이 줄줄 흘러나왔다. 그 말들이 입에서 나와 서로의 귀로 들어갈 때마다 고장 난 수도꼭지처럼 눈에서 눈물이 멈추지 않았다.

미안해.
고마워.
넌 참 좋은 사람이야.
정말 행복했으면 좋겠어.

이런 말을 진작 했다면 얼마나 좋았을까. 마주 잡은 선아의 오른손과 내 왼손은 그간의 싸늘했던 마음을 녹이려는 듯 따스했지만 고통스러웠던 기억마저 녹일 수는 없었다. 작별 인사를 마치고 방을 나섰다. 차가운 공기가 폐부로 들어와 슬픔의 여운마저 바싹 얼려버렸다. 정신이 번쩍 든 상태로 코를 훌쩍이며 여행 캐리어를 끌고 집 앞에 도착했다.

열쇠가 보이지 않았다. 온몸을 뒤져봐도 열쇠가 없었다. 캐리어를 열고 옷과 물건 사이를 샅샅이 뒤졌지만, 열쇠는커녕 열쇠 비슷한 것도 없었다. 영하의 날씨. 시골 동네, 새벽 한 시에는 이미 모든 것이 잠들어 있었다. 갈 곳을 떠올려보았지만 마땅한 곳이 없었다. 겨울방학이라 관사에 남아있는 사람도 없었다. 누가 있다 한들 들어가기도 민망한 시간이다. 30여 분을 오들오들 떨다가 결국 선아 집으로 향했다.

밖에서 선아 집을 보니 희미한 불이 베란다 밖으로 새어 나오고 있었다.

-똑. 똑.

문을 두드렸다. 조금 기다려보았지만, 응답이 없었다.

-똑. 도도도. 똑. 도도도.

평소 선아의 집에 들어갈 때 쓰던 우리만의 암호로 리듬에 맞춰 노크했다. 잠시 후 문이 열렸다. 선아는 퉁퉁 부은 눈으로 내 품에 안겼다.

# 2

 겨울방학은 이별하기 좋은 기회였다. 몸이 멀어지면 마음도 멀어진다는 법칙에 기대 나는 편안함을 느꼈다. 방학동안 왕가위 감독 영화에 빠져들었다. 「중경삼림」과 「화양연화」를 반복해서 보았다. 영화 속 주인공들이 겪는 사랑의 아픔에 함께 슬퍼하면서 나만 아픈 것은 아니라는 생각이 들었다.

 "서준. 남의 눈에 눈물 나게 하면, 네 눈에는 피눈물 날 거야."

 가끔 훈민이의 말이 기억에서 재생되었다. 과거로 돌아갈 수 있다면 얼마나 좋을까. 선아에게 그 남자에게, 그리고 내게 미안했다.

-서준. 뭐해?

개학을 앞둔 어느 날. 카카오톡을 열어보니 선아에게 메시지가 와 있다. 휴대전화를 덮어둔 채 하루가 다 지나고서야 손가락을 움직여 답장을 보냈다.

-그냥 있지. 잘 지내지?

마치 다른 사람이 보낸 것 같았다. 씁쓸한 느낌에 입술을 살짝 깨물고 있으려니 선아에게서 답이 왔고, 별 의미 없는 대화들이 이어졌다.

-서준은 벌써 날 잊었나 봐? 난 아직 아닌데. 연락도 없고.

어두운 방 안에 누워 멍하니 글자를 바라봤다. 어떤 대답을 해야 할지 판단이 서지 않았다. 결국, 내 손가락을 따라가기로 했다.

-잊긴. 요즘 기분은 어때?

몇 번 대화가 오간 뒤 나는 선아와 다시 만나야겠다는 결론에 이르렀다. 선아는 그동안 나와의 관계를 성찰한 느낌이었다. 오가는 문자에는 서로에 대한 미안함과 아쉬움, 그리움이 담겨 있었다.

개학 이후 우리는 언제 헤어졌냐는 듯이 새 출발을 했다. 마음 한구석에는 불안함도 있었지만 그런 불안이 진짜인지 허상인지는 시간이 흐르면 자연스레 드러날 것으로 믿었다.

'시간이 필요했던 거야. 이 생각을 진작했더라면.'

우리는 서로를 소중히 여기기 시작했다. 간혹 싸우기도 했지만, 노력한 덕분에 갈등이 오래가지는 않았다. 어쩌면 그동안 많이 싸우면서 단련이 된 덕분인지도 몰랐다.

좋았다. 예전에는 한 명이 피를 흘리며 질릴 때까지 싸웠다면 이제는 솜 베개로 툭탁거리며 싸우는 정도였다. 여기저기 꽃이 피고 소나무는 봄기운 사이에서 더욱 푸르게 변해갔다. 우리는 완연한 봄기운 속에 신뢰와 사랑을 조금씩 쌓고 있었다.

교직 3년 차인 우리는 일이 많았지만 바쁜 와중에도 시간을 쪼개 여행을 다녔다. 아는 눈이 없는 곳에서 자유를 만끽하며 주중의 스트레스를 날리다 보면 과거에 그렇게 싸우며 힘들어했다는 사실이 믿기지 않을 정도였다.

"쌤, 요즘 연애하죠."

3학년인 정혜는 나를 보면 근황을 물어댔다. 뭔가를 안다는 눈치로 능글맞게 말을 걸어오면 아닌 척하느라 힘들었다. 언젠가는 너무 집요하게 연애사를 물어보기에 미간에 잔뜩 주름을 만들어서 연애는 무슨, 선생님은 바빠서 그럴 시간이 없다고 말했더니 정혜는 목소리를 낮추며 말했다.

"쌤, 지난 주말 읍내에서 어떤 여자랑 손잡고 있는 거 다 봤어요."

아뿔싸. 긴장이 풀린 게 문제였다. 시치미를 잡아떼자 정혜는 아이들에게는 말하지 않았으니 걱정하지 말라고 했다. 정혜는 내 곁을 지나면서 입으로 손을 가리고 말했다.

"요즘 애들 읍내에 자주 나가요. 조심하세요."

# 3

곰샘은 도시로 발령이 났고 호랑샘은 여전히 학생부장이었다. 나는 젊다는 이유로 많은 일을 떠맡았다.

"니, 내랑 같이 일할래?"

학생부장이었던 호랑샘은 나를 어느 술자리에서 스카우트(?)했다. 동기들은 능력을 인정받은 것이 아니냐며 부러워했지만 얼마 지나지 않아 내 몰골을 보고는 그 말을 취소했다. 호랑샘은 눈앞에 일이 있으면 가리지 않고 모두 나서서 해결하려는 스타일이었다.

"그 뭐 어렵나? 내 줘요. 내가 할게. 아. 나중에 술 사요."

호랑샘은 일을 통해 존재가치를 확인하는 사람의 전형이었다. 그런 스타일이 나와 맞을지 고민이었지만 같이 일하자며 말하는 호랑샘이 고맙기도 했다. 경험과 열정 많은 부장 밑에서 일을 배우는 것도 좋은 경험이라는 생각이 들었다. 내가 고개를 끄덕이자 호랑샘은 빙긋 웃으며 술잔을 채웠다.

"선아랑은 잘 만나고 있어?"

"네?"

호랑샘은 이미 알고 있었다.

"눈에 답이 있드만. 둘이 서로 쳐다보는 눈을 보면 알 수 있지."

"귀신같네요. 형사를 했으면 더 잘했을 것 같아요."

"올해 3년 차지?"

"네. 벌써 그렇게 되었네요."

"보통 3~4년 차에 한 번 흔들리지. 힘들지 않아?"

"아직은 일 때문에 힘든 것은 없어요. 부장님은 힘들었어요?"

"나? 힘들었던 것 같은데."

"부장님이 그랬다니 안 믿기네요."

"내 이거 아니면 뭐 할 거 없는 줄 아나!"

호랑샘은 갑자기 손바닥으로 테이블을 내려치더니 하얀 이를 드러내고 웃었다.

"네?"

"처음엔 이렇게 생각하고 그만둘라 했는데. 생각해보니까 이거 아니면 할 게 없드라. 크흐흐흐. 그리고 이 직업 아니면 사회에서 누가 나를 '님'이라고 불러주겠노. 그래 생각하니까 감사하게 여기고 할 수 있더라."

"하긴, 그렇네요. 맞는 말 같아요."

"암튼, 함께 해 줘서 고맙다. 아마 일 많아서 힘들 거야. 올해 잘 참아보자."

왜 잘 참아보자였는지 알 것 같았다. 수많은 공문과 업무, 생활지도와 상담, 점점 밀리는 수업 준비 속에서 여유가 사라졌다. 일은 파도처럼 끝이 없었고, 수업은 밑천이 드러나 완전 엉망이었다. 이런 상황 가운데 선아는 내게 지속적인 지지와 위로를 보내주었고 덕분에 하루를 온전히 버텨나갈 수 있었다.

수업을 잘하는 줄 알았다. 1년 차에 처음 보는 고3 아이들은 수업 시간마다 눈이 **초롱초롱 빛났고 어떤 아이들은 나에게 EBS** 강사로 가야 한다며 명강사라는 아부 섞인 말도 늘어놓았다. 그런 말을 철석같이 믿고 있었다. 대학교 시절의 연극 경험을 살려 전통적인 강의식 수업도 나름 실감 나게 수업을 했고 아이들은 즐거워했다. 1년 차에는 수업이 수월했고 신났고 보람 있었다.

 2년 차에는 달랐다.
 첫해의 영광을 떠올리며 똑같은 방식으로 수업을 준비했고 마치 무대 위에서 연기하듯, 실감 나는 수업을 펼치려 했다. 하지만 첫날 수업에서 충격을 받고 말았다.

절반이 수업 시작과 동시에 엎어졌다. 당황한 나는 점점 목소리를 높이고 자는 아이들에게 화를 내기 시작했다. 그때 깨달았다. 작년에는 운 좋게 수업을 잘 듣는 훌륭한 학생들을 만났다는 걸.

3년 차에 접어들면서 강의식에서 벗어나 당시 유행하던 활동 중심 수업을 하고 싶었다. 하지만 강의식에 익숙해져 있었던 나와 아이들은 서툴렀고 손발이 맞지 않았다.

"쌤…….

저희는 옛날부터 모둠 수업이랑 안 맞았어요. 그냥 원래대로 판서해주시면 안 돼요?"

아이들의 힘 빠지는 소리를 듣고 있으면 속이 상했지만, 끝을 보고 싶었다. 열 번에 한 번 정도 수업은 활기를 띠었다. 하지만 그것은 초콜릿이나 사탕 같은 보상이나 게임 같은 동기유발 활동 덕분이었다.

중3, 고1, 고3 수업을 동시에 진행하면서 매시간 수업을 구상하는 일은 힘들었다. 업무까지 겹쳐 있으니 주말은 학교와 수업에 반납하는 시간이 많아졌다.

주말에는 온 신경이 다음 주 수업 준비에 쏠려있으니 자연스럽게 선아와 수업 관련 이야기를 많이 했다. 선아는 수업 개선에 의욕적인 교사였고 함께 이야기를 나누면 배울 점이 많았다.

선아는 활동 수업을 잘했다. 차분한 목소리와 안정적인 시선 처리, 수업내용을 재밌게 하는 스토리텔링과 그에 딱 맞는 활동들. 무엇보다 아이들이 모둠 수업에 그렇게 참여를 잘한다는 사실이 신기하고 부러웠다. 어느 주말에는 속성 과외를 받아 선아의 수업모델을 내 수업에 적용해봤다.

"선생님…… 죄송해요……."

처참한 실패였다. 3명 빼고 모두 재워버렸다. 그나마 남은 3명도 눈꺼풀에 찾아온 잠의 요정을 이기느라 안간힘을 쓰고 있었다. 나는 수면 마귀라는 별명을 얻었고 서서히 수업에 자신감을 잃었다.

좋은 수업은 어떤 수업일까? 매일 고민을 했지만 뾰족한 답을 찾을 수가 없었다. 형식을 계속 수정해가면서 수업을 개선하려고 했지만, 손을 댈수록 점점 더 나빠졌다. 언젠가는 교실에 들어가려고 하는데 심장이 두근대고 얼굴이 빨개져서 복도에 한참 서 있던 적도 있었다.

선아는 그런 나를 보면서 안쓰러워했다.

"오빠. 무리하지 마. 일도 많잖아. 수업에 힘 좀 빼도 괜찮아."

수업에서 보람과 존재감을 얻지 못하니 기분이 좋지 않았고, 이렇게 몇십 년을 살아갈 것을 상상하니 끔찍했다. 반복하는 수업 실패로 학교에 출근하는 것이 스트레스였다. 급기야 일을 핑계로 수업 시간에 교실에 늦게 들어가기 시작했다.

# 5

 

풀벌레가 소리가 들려오고 산과 바다가 여름 기운으로 푸르게 익어가는 어느 주말, 어머니가 홀로 시골에 찾아왔다. 아버지와 함께 반찬이며 과일 등 먹거리를 잔뜩 싸 오던 평소와 달랐다.

"만나는 선생님 있다고 했지?

식사 자리 한 번 만들어봐."

선아는 식사 자리에 나온다고 선뜻 응했다. 사람들 눈에 잘 띄지 않으면서도 맛도 좋은 식당을 찾아보니 읍내 유명한 해물찜 가게가 눈에 들어왔다. 어머니 취향을 고려한 선택이기도 했다. 선아는 애교가 있는 편이라 어머니와 죽이 잘 맞을 것 같았다.

"안녕하세요. 선생님. 반가워요."

"말씀 편하게 하세요. 어머님."

어색한 인사를 주고받았다.

어머니는 선아의 이곳 생활에 대해 궁금해했다. 나는 가끔씩 끼어들어 대화에 활기를 더하거나 가벼운 농담으로 분위기를 만들려 노력했다.

어머니는 평소 유머가 있고 말주변이 좋았다. 늘 다정해서 주변 사람들에게 사랑받는 분이었다. 중요한 자리에 갈 때는 머리를 뒤로 넘겨 이마를 드러내곤 했는데 그날따라 평소에는 볼 수 없던 약간의 근엄함이 느껴졌다. 당황스러웠다. 예민한 분위기를 감지한 후부터는 물을 가득 채운 잔을 들고 걷는 사람처럼 조심스러웠다.

# 6

 하늘에는 동네를 금방이라도 눌러버릴 것 같이 두꺼운 구름이 낮게 깔려 있었다. 사람이 많지 않은 승차장에 앉아 어머니와 둘이 버스를 기다리고 있었다. 선아에 대한 어머니의 첫인상이 궁금했다. 식사 후 터미널로 이동하는 차에서는 계속 학교며 지역 이동 등 다른 주제로 대화가 이어져 선아 이야기는 화제에 올리지도 못했다. 곁눈질로 살펴보니 어머니 표정은 평소처럼 여유롭고 다정했다.

 "지금 가면 엄청 늦을 텐데. 고생하시겠어요."
 "고생은 무슨. 엄마는 괜찮아. 여행 온 것 같아서 기분이 좋아."

"선아는 어땠어요? 괜찮은 사람이죠?"

"좋은 아가씨네. 그런데……."

"……"

"엄마가 보기에는……."

예상과는 한참 동떨어진 대답이었다. 나는 눈알을 빠르게 굴리며 겨우 말을 꺼냈다.

"아. 그래요? 좋은 사람인데 긴장했나. 한번 봐서 잘 모르실 거예요."

어머니는 하늘을 흘끔 보고 손을 내밀었다. 비가 한 방울씩 떨어지고 있었다. 손바닥에 떨어진 비를 본 후에 잠시 뜸을 들이더니 말했다.

"아들이 좋다니까 엄마도 좋아. 인사는 언제 하러 갈 거야?"

"인사요?"

"그래. 조만간 선아샘 부모님 찾아뵙고 인사를 드려야지."

"벌써요? 아직은……."

"너무 오래 끌면 안 좋다.

봄도 끝나가고 마침 날이 좋으니까 선아샘이랑 인사드리러 갈 날을 골라봐."

어머니를 배웅하고 곧장 선아에게 달려갔다.

# 7

"어머니가 뭐라셔?"

"응? 좋은 사람인 것 같다고 하시던데?"

"다행이다. 엄청 카리스마 있으셔서······."

"평소엔 다정하신 분이야. 오늘 조금 다른 모습이긴 했어."

선아 부모에게 인사하러 가는 내 모습을 상상하니 기분이 묘했다. 집에 와서 정장을 입어봤다. 단추를 겨우 채우고 거울 앞에 섰더니 남의 옷같이 작아져 있었다. 단추들은 구멍에서 떨어지지 않으려고 안간힘을 쓰며 버티고 있었다. 허벅지는 터질 듯 부풀어 있었고 팔을 움직이니 어깨가 솟구쳐 꼭두각시 인형처럼 움직이는 것 같았다. 살부터 빼야겠다고 마음먹었다.

 결혼은 '갑자기' 내게 다가왔다. 올 것이 왔다는 생각도 들었다. 마침 선아와 안정적인 관계를 유지하고 있으니 이렇게 평생 선아와 함께해도 행복할 것 같았다. 주변에서 볼 수 있는 결혼한 교사들은 행복해 보였다. 생활은 균형 잡혀 있었고 편안해 보였다. 프러포즈 방식이 새로운 고민거리였다.

 친구들에게 물어보니 다양한 방법이 나왔다. 요트 위에서, 호텔 안에서, 영원을 약속하는 물건과 함께 정성스레 쓴 편지를 주거나 직접 낭독한 녹음파일을 들려주는 등, 평소에는 그렇게 보이지 않았던 녀석들도 프러포즈와 결혼 앞에서는 사랑꾼이었다. 선아와 곧 제주도 여행을 가기로 했는데 그때가 좋은 기회일 것 같았다.

 기분 좋은 상상과 고민을 하던 평화로운 오후였다. 운동장을 산책하고 있는데 어머니에게 전화가 왔다. 목소리가 숨 가빴다.

 "아직 인사 안 갔지?"

 "네. 아직은 안 갔어요. 한 달 후에 가려고요."

 "응. 그래. 안 갔으면 됐다. 안 가도 된다."

 "네?"

 단호한 말이 장난처럼 들려 헛웃음을 지었다.

"무슨 말이에요?"

"지금은 말하기 힘드니 나중에 말하자.

아무튼, 절대로 가면 안 된다."

"네? 대체 뭔 말이에요."

예전 그 암자의 스님에게 나와 선아의 궁합을 물었더니 너무 좋지 않다는 것이다. 어이가 없었다. 휴대전화는 한동안 얼음처럼 차갑게 식어 아무 말도 내뱉지 않았다. 어머니는 한숨을 쉬더니 나를 달래듯 무슨 말을 하고 있었지만, 귀에 들어오지 않았다.

"일단 끊을게요."

휴대전화를 열어보니 선아는 제주도 맛집과 가고 싶은 여행지를 여러 개 보내놓았다.

# 8

 여행이 일주일 앞으로 다가왔다. 나는 생각이 많아지면 말이 줄어들고 행동이 굼떠진다. 선아는 내게 묘한 분위기 변화를 감지했을 것이다. 굳이 물어오지는 않았다. 아니면 내가 연기를 잘했거나.

 밤이면 이불 속에서 스님과 어머니 말을 곱씹으며 과거를 재해석하기 시작했다. 마음이 복잡했다. 선아에 대한 마음과 '궁합'이라는 것에 대한 믿음, 어머니와의 관계 사이에서 나는 갈피를 잡지 못했다.

 '사실 헤어졌다가 다시 만날 때 선아를 시험해보려는 마음이 있었잖아? 안 그래?

 한 달만 더 참아보고 별로면 바로 헤어질 거로 생각했잖아.'

 '하지만 우리는 그동안 잘 노력해왔어. 지금은 잘 지내고 있잖아?'

 다시 만나면서 나 홀로 한 달의 유예기간을 둔 것은 사실이었다. 하지만 우리는 노력했고 다행히 헤어지는 일은 없었다. 둘이 쌓아가는 시간 속에서 불신은 신뢰로 점점 바뀌고 있다고 믿었다.

 '그래서 우리가 그렇게 많이 싸웠나?'

 부정적인 생각이 자라기 시작했다. 주고받은 상처들이 기억 속에서 다시 살아났다.

 '그래……. 선아도 누굴 만나면서 이렇게 많이 싸운 적은 없었다고 했어…….'

 '아버지 수술 날짜를 딱 맞췄던 스님이 그런 말씀을 하셨다니. 정말이지 않을까?'

 이불을 머리 위까지 뒤집어쓰고 깊은 한숨을 내쉬었다.

 '나, 어떻게 해야 하지?'

# 9

 눅눅한 구름이 하늘을 채워 새들도 잘 날지 않는 어느 주말. 고향으로 향했다. 학교에 해야 할 일들이 있었지만, 효랑샘과 동료 샘들에게 양해를 구하고 시간을 만들었다. 가족 모임이라는 핑계는 그럴싸하게 먹혔다. 다들 고향에서 멀리 떠나온 사람들이라 가족 모임을 존중해 주었기 때문이다. 운전하는 동안 머리가 계속 아팠다.

 그 냉혹한 통화 이후 가끔 오른쪽 옆을 누가 망치로 때리는 듯한 두통이 찾아왔다. 그럴 땐 눈 안쪽이 뻐근하게 아파오면서 가슴도 답답해졌다.

차창을 열어 환기를 시켰지만, 기분이 나아지지 않았다. 강한 바람이 귓가를 스치는 소리에 정신만 사나웠다.

'어떻게 해야 설득할 수 있지?'

고속도로 휴게소에 앉아 한참 생각했다. 살아오면서 부모를 설득해본 적은 거의 없었다. 인생의 큰 변화가 생기려고 할 때마다 나는 그들의 도움을 받았고 편하게 넘어올 수 있었다. 이번에도 나는 인생의 큰 변화를 앞두고 있지만, 도움받을 위치가 아닌 것 같았다. 멍하니 앉아 주차장 바닥의 한 지점을 초점 없이 보고 있노라니 땅 위에 검은 점들이 생기기 시작했다. 비가 후드득후드득 내리기 시작했다.

아버지가 나를 맞아주었다. 아버지와 내가 한 상 가득 차려진 밥상을 들고나와 거실에서 온 식구가 함께 저녁을 먹기 시작했다. 평소의 모습이었다. TV에서는 예능프로가 한창이었다. 출연자들이 웃고 떠드는 소리가 등 뒤로 요란하게 울려 퍼졌다. 밥이 잘 넘어가지 않았다. 후식으로 사과가 나왔다. 어머니는 사과를 깎으면서 시선을 그것에 고정한 채 소파에 앉은 나에게 말했다.

"아들, 할 말 있지?"

"응? 아니 뭐……."

어머니는 요지부동이었다. 절대 반대. 아버지를 쳐다보았다. 어쩌겠냐는 표정이었다. 설득을 계속했다. 시간이 걸려도 끝을 봐야 할 것 같았다.

"근데. 엄마. 나 그런 거 안 믿어요. 다시……."

"그냥 보통만 된다고 해도 엄마는 반대 안 한다. 근데 안 좋다 하잖아."

"엄마도 믿지 말아요. 그런 말은."

"어허! 그렇게 말하는 거 아니야. 아무튼, 절대 안 된다."

"나는 궁합 같은 거 안 믿는다니까요. 스님이 얼마나 안 좋다고 했길래!"


아버지는 TV를 껐다. 내가 그토록 이해할 수 없었던 그 이유를 어머니가 말했다. 충격이었다. 머리가 멍해졌고 온몸에 힘이 빠졌다. 숨을 크게 들이쉬고 작게 나누어 내쉬었다. 성대마저 힘이 빠진 듯 목소리도 갈라져 나왔다.

"근데. 그래도. 그게, 다가 아닐 수 있잖아요. 생각을 다시 해 보세요."

나는 흥분 상태로 변했다. 이야기의 끝을 보려 했지만, 그 이야기는 쉽게 끝날 성질이 아니었다. 그대로 집을 나왔다. 세차게 내리는 비를 뚫고 텅 빈 도로를 미친 듯이 달렸다. 차는 요란한 소리를 내며 앞에 무엇 하나 거추장스러운 것이 있으면 치어 죽일 듯 달리기 시작했다. 어머니가 외친 마지막 말이 계속 귓가에 울렸다.

그 말이 떠오를 때마다 욕을 하며 액셀러레이터를 거칠게 밟았다.

"스님이! 니! 죽는다 안 하나!"

# 10

 어머니가 여기저기 두루 돌아보며 여러 번 궁합을 봤는데 결과는 깉있다고 했다. 마치 이디시 힘게 연습이라도 한 깃저림 깉은 시선과 목소리로 우리의 미래를 부정했다. 내 하루는 지옥으로 변하고 있었다. 내가 감당할 수 없는 길들이 내 선택을 기다리고 있었다.

 '어떻게 해야 하지?'

 이런 상황에 대처하는 방법을 배운 적이 없다. 생각해본 적도 없다. 슬픈 드라마를 보면서 가끔 비극적인 사랑을 해 보고 싶다는 생각은 해봤지만 그게 진짜 내 눈앞에 현실로 나타나니 믿을 수 없었다. 시소의 균형이 다시 무너져 내렸다. 나는 선아가 이해할 수 없는 행동을 많이 했고, 그때마다 선아는 괴로워했다. 선아가 싫어하는 행동을 하는 내 모습을 보며 비로소 나는 마음이 어디로 가는지 알 수 있었다.

슬펐다. 나 자신이 너무 비겁하게 느껴졌다. 점점 좁아졌고 작아졌다. 부정적인 생각과 감정들 사이에서 나는 가라앉고 있었다.

선아는 얼굴이 빨개진 채 말을 던졌다. 나는 입을 열지도 다물지도 못했다. 그저 커피잔만 바라보고 앉아있을 수밖에 없었다.

"왜 그래? 헤어지고 싶은 거야?"

선아는 터져 나오는 울음을 참고 있었다.

"그래. 그럼 헤어져. 이유가 뭐야?"

"널. 믿지 못하겠어. 미안해."

솔직하지 못했다. 선아는 얼굴을 손으로 감싸고 한참을 울었다. 언젠가 들었던, 구슬픈 울음소리가 다시 내 마음에 구멍을 냈다. 일에 매달렸다. 학교에는 내가 할 일이 산더미같이 있었다. 스트레스는 극에 달했고 술이 유일한 위로였다. 술을 먹지 않으면 잠이 오지 않았다. 낮에 가끔 마주치는 선아는 잘 지내는 것처럼 보였다.

한 달 정도 지났을 무렵, 선아에게서 문자로 연락이 왔다. 생각해보니 자신이 잘못한 것이 많은 것 같다는, 내가 자신을 믿지 못하는 것도 이해할 수 있다는 내용이었다. 다시 시작하자는 신호다. 답장하지 못했다.

-똑. 똑.

그날 새벽, 선아는 내 집에 와서 문을 두드렸다.

-똑. 도도도. 똑. 도도도.

고요한 적막 속에서 노크 소리가 리듬을 타고 울렸다. 노크 소리가 들려왔을 때 너무나 슬퍼서 큰 소리를 내며 울 뻔했다. 황급히 이불을 뒤집어쓰고 손으로 입을 틀어막아 새어나오는 울음을 감추었다. 노크는 한참 동안 멈추지 않았다.

# 11

 개학하고 얼마 지나지 않은 어느 늦은 밤. 민수에게 연락이 왔다. 근처 놀이터에서 잠시 얼굴을 봤으면 한다는 말이있다. 시계는 자정을 향해 가고 있었다.

 '이 시간에…….'

 노란 가로등 아래 민수가 꺼낸 말은 놀라웠다. 최근에 나와 선아가 헤어진 것을 알았고 자기가 선아에게 관심이 있으니 만나도 괜찮겠냐고 물었다.

 "그러던가. 새끼야. 내가 무슨 컴퓨터냐?

 헤어지면 감정도 그냥 자동으로 삭제되는 줄 알아?"

민수와 선아는 함께 다니기 시작했다. 둘이 함께 다니는 모습을 학교에서 자주 목격했다. 선아가 나를 자극하려는 속셈이었다면 적절한 방법이었다. 선아와 민수가 함께 있는 모습을 상상할 때마다 그러니까 매일 밤 나는 술에 취했다.

술에 취하면 밖을 걸어다녔다. 어떤 날은 한참을 비틀거리며 걸어 다니다가 선아의 집 근처에 도착해 길에 주저앉아서는 불 켜진 창문을 바라보며 한참을 슬퍼했다. 그러다 그 자리에서 기절하듯 잠들기도 했다.


시골에는 저녁마다 술에 취해 길을 비틀비틀 걸어 다니는 사람에 대한 소문이 돌기 시작했다. 교감은 나를 따로 불러내 적당히 마실 것을 부탁했다. 그 무렵 선아에게서 연락이 왔다.

"먼저 헤어지자고 한 건, 오빠잖아."

선아는 눈물을 글썽거리면서 말했다.

"그런데 왜 그래?"

아무 말도 할 수 없었다. 선아와 눈을 맞출 수도 없었다. 그저 바닥만 바라볼 뿐이었다.

"나 민수랑 만나는 거 아니야. 걱정하지 마."

아무 말도 할 수 없었다.

# 72

혼자 방에 있으면 망상이 떠올랐다. 선아와 민수, 어머니와 스님, 거울 속에서 서러이 울고 있는 나. 망상이 만들어내는 현실은 지독했다. 더러운 망상들은 의식의 깊숙한 곳에서부터 사정없이 튀어올랐다.

세상을 제대로 볼 수 없었다. 삶은 필요이상으로 진지하고 무거웠다. 허무했다. 술은 그런 삶을 가볍게 만들어주었다. 마치 속에 있는 더러운 것들을 소독 하려는 듯 술을 퍼부었다. 하루 한 병 겨우 마시던 주량은 어느새 네 병을 넘어가고 있었다. 공허감을 견디지 못했다.

숨쉬기 힘들 정도로 먹을 것을 식도로 밀어 넣고, 토하기를 반복했다. 몸과 마음의 컨디션은 점점 나빠졌고 지독한 우울감이 나를 지배했다.

-부재중 전화 3통

간밤에 술을 너무 많이 마셨다. 시계는 오전 11시를 가리키고 있었다. 책상 위와 바닥에는 술병들과 안주 나부랭이들이 널브러져 돌아다니고 있었다. 그 사이를 비틀거리며 빠져나가 냉장고에서 생수병을 꺼내 벌컥벌컥 들이켰다. 휴대전화를 보니 동료교사로부터 문자가 와 있었다.

-무슨 일 있는 거 아니죠? 0교시랑 오전수업은 내가 일단 들어가서 했으니 걱정하지 말고 천천히 학교로 와요.

거울 속에는 퉁퉁 부은 무표정한 사내가 있었다. 그는 한숨을 토하더니 샤워를 시작했다.

# 13

 시간이 약이라는 말은 거짓말이었다. 두 달 전보다 훨씬 괴로 웠고 앞으로 이 괴로움을 얼마나 지속할지 알 수 없는 일이었다. 약을 잘못 쓰면 독이다. 나는 시간을 잘못 쓰고 있었기에 그 시간 은 오롯이 독이었다.

 겨울로 넘어가는 어느 밤. 소주 두 병과 함께 집으로 걸어가고 있었다. 동생 생각이 났다. 어머니 주선으로 소개팅을 한다고 했 다. 어머니 지인들이 건너건너 소개를 해준 모양이었다. 듣기로 는 둘이 궁합이 좋다고 했다.

 "오빠 잘 지내?"

"응. 덕분에 잘 지내지. 니는? 소개팅 잘했나?"

"어. 그게 언젠데. 한 달쯤 됐다."

동생의 세계는 이제 막 봄을 맞이하고 있었다. 전화를 끊고 어둑한 골목길을 걷고 있는데 갑자기 한숨이 나왔다. 마지막에 했던 말은 안 하는 것이 차라리 나았다.

"좋겠다. 니는. 궁합 좋아서."

잠깐 어색한 침묵이 흐른 후 동생이 말했다.

"오빠. 힘내. 시간이 약이라잖아."

# 14

 선아와 민수는 떨어져 다니기 시작했다. 선아와 나는 다시 연락을 주고받기 시작했고 다른 도시로 발령이 나기 전까지 관계를 유지했다. 이미 식어버린 연인 관계였지만 나도 선아도 그것에 만족해야 했다. 둘 다 서로를 끊어보려 노력했지만, 하루에도 몇 번씩 마주쳤기에 쉽지 않았다.

 선아의 목소리만 들려도 고개가 그쪽으로 돌아가고 선아의 웃음을 들으면 세상이 행복해 보였다. 선아와 다시 만나면서 나는 형벌을 받는 느낌에 사로잡히곤 했다. 좋으면서도 좋다고 말하지 못하는, 사랑하는데 사랑한다고 말하면 안 되는 형벌이었다. 더 가까이 다가가고 싶어도 손을 뻗지 못하고, 다가가지도 헤어지지도 못하는 형벌이었다.

형벌을 받는다는 생각 때문에 스스로를 점점 죄인처럼 여기기 시작했다. 지금 눈앞에 벌어지고 있는 선아와 나의 슬픔과 고통의 원인은 전부 나였다.

헤어진 전후로 선아가 처한 상황은 최악이었다. 평소 의지하던 친오빠가 몸에 이상이 생겼다고 했다. 병세가 위중했다. 선아는 무척 힘들어했다. 나와 있을 때는 늘 그 일에 대해 슬퍼했다. 나에 대한 상실감과 오빠 일이 겹치면서 선아는 심각하게 불안정했다. 선아에겐 누군가 기댈 곳이 필요했다. 불안정한 선아는 나와 만나면서 다소간 안정을 얻는 듯 보였다. 하지만 헤어짐이 예정된 만남 안에서 슬픔과 불안은 늘 우리 주위를 맴돌았다.

"이럴 거면 다시 만나자."

선아는 깨끗한 관계 복원을 원했다.

이런 이상한 관계를 털고 다시 시작하자는 말을 꺼냈고, 그럴 때마다 나는 대답을 피했다.

"나랑 결혼하자."

마음이 너무 힘들어 견딜 수 없었던 어떤 날 선아는 결혼하자는 말까지 꺼냈다. 끝내 나는 닫혀있었다.

문고리를 잡고 이러지도 저러지도 못했다.

# 25

  우리는 멀리 여행을 다녀왔다. 여행지에서는 마치 서로 헤어지지 않은 듯 행동했다. 다정하게 대했고 상냥하게 대화를 나눴으며 서로의 앞날을 걱정했다.

  선아의 쌔근쌔근 잠든 모습은 여전히 귀여웠다. 몇 달 전만 해도 그 모습이 너무 사랑스러워서 나는 일어나면 그 잠든 이마에 뽀뽀하곤 했다. 그러면 선아는 배시시 웃으며 부은 눈으로 잠에서 깨어나 내게 안겼다. 불과 얼마 전의 행복했던 순간들을 떠올리니 지금 처한 현실이 과연 진실인지 아닌지 분간하기 힘들었다.

여행지에서 선아의 잠든 모습은 어찌 슬퍼 보였는지. 등을 돌린 채 뒤돌아 누워있는 그녀의 허리와 작은 어깨는 감히 내가 오르지 못할 산처럼 높아 보였다. 울컥, 이빨 사이로 피처럼 울음이 새어 나왔다. 입을 손으로 틀어막았다.

'부처님. 제가 잘못했습니다.

선아에게만큼은 제발 좋은 일 생기게 해주세요. 부처님. 제발요.'

# 16

졸업식이 끝나고 우연히 정혜를 길에서 만났다. 놀러 나가는지 한껏 꾸몄다. 정혜는 이제 어른으로 변해가고 있었다.

"졸업 축하한다."

"고마워요. 이제 이 지긋한 시골을 떠나네요."

"대학은 어디로 간다고 했지?"

"대전으로 갈 것 같아요."

"먼 곳으로 가는구나."

"최대한 멀리 가고 싶었어요. 참. 샘도 옮기신다면서요? 어디로 가요?"

"아직 잘 몰라. 뭐 어디든 가겠지."

나도 최대한 멀리 이곳을 떠나고 싶었다. 지역이 달라지면 저절로 정리할 수 있는 일이 많을 것이다. 불완전한 만남도, 학교의 일도, 우울한 기분도 모두 해소할 수 있을 듯했다. 정혜가 내 눈치를 살폈다.

"근데……. 샘, 괜찮아요?"

"응? 뭐가?"

"아니에요."

"왜? 말해봐."

선아가 어떤 남자와 함께 마트에서 장을 보고 있더라는 이야기를 했다. 아이들과 마주치자 남자친구라고 소개했단다. 정혜는 무척 놀란 눈치였다. 나는 아무렇지 않게 대답했다.

"그래? 그런 일이 있었구나."

"괜찮은 거죠?"

"뭐가 인마. 괜찮지 그럼."

집으로 가는 길에 마트에 들렀다. 입구에 긴 거울이 있었는데 그 속에 빡개진 내 얼굴이 보였다. 정혜에게 표정은 잘 숨겼다고 생각했는데 마음은 그러지 못한 모양이었다. 어쩐지 걱정스러운 눈길로 바라본다 싶었다.

'여기까지 데려오다니.'

사실 정혜가 한 말에 나는 큰 충격을 받았다. SNS 프로필 사진을 통해 남자가 생겼다는 건 대충 눈치채고 있었다. 어떤 놈과 잡은 손을 프로필 사진으로 올렸던 것이다. 이곳까지 데리고 올 줄은 상상도 못 했다.

선아가 완전히 나를 떠난는 사실에 다시 상실감을 느꼈고 얼마간 자존심도 상해버렸다. 내게 소중한 이 추억의 공간을 누군가 짓밟은 기분이었다.

'조금만 참지. 일부러 데리고 온 건가?'

언젠가는 벌어질 일이었음을 깨닫고 현실을 인정했다. 그 시간이 생각보다 빨리 왔음에 놀랐던 것이다. 긴 이별의 끝이 조용히 눈앞에 다가와 있었다. 결국, 나는 지금이 무대에서 내려와야 하는 타이밍이라는 것을 알았다.

속에 있는 더러운 것들을 소독 하려는 듯 술을 퍼부었다

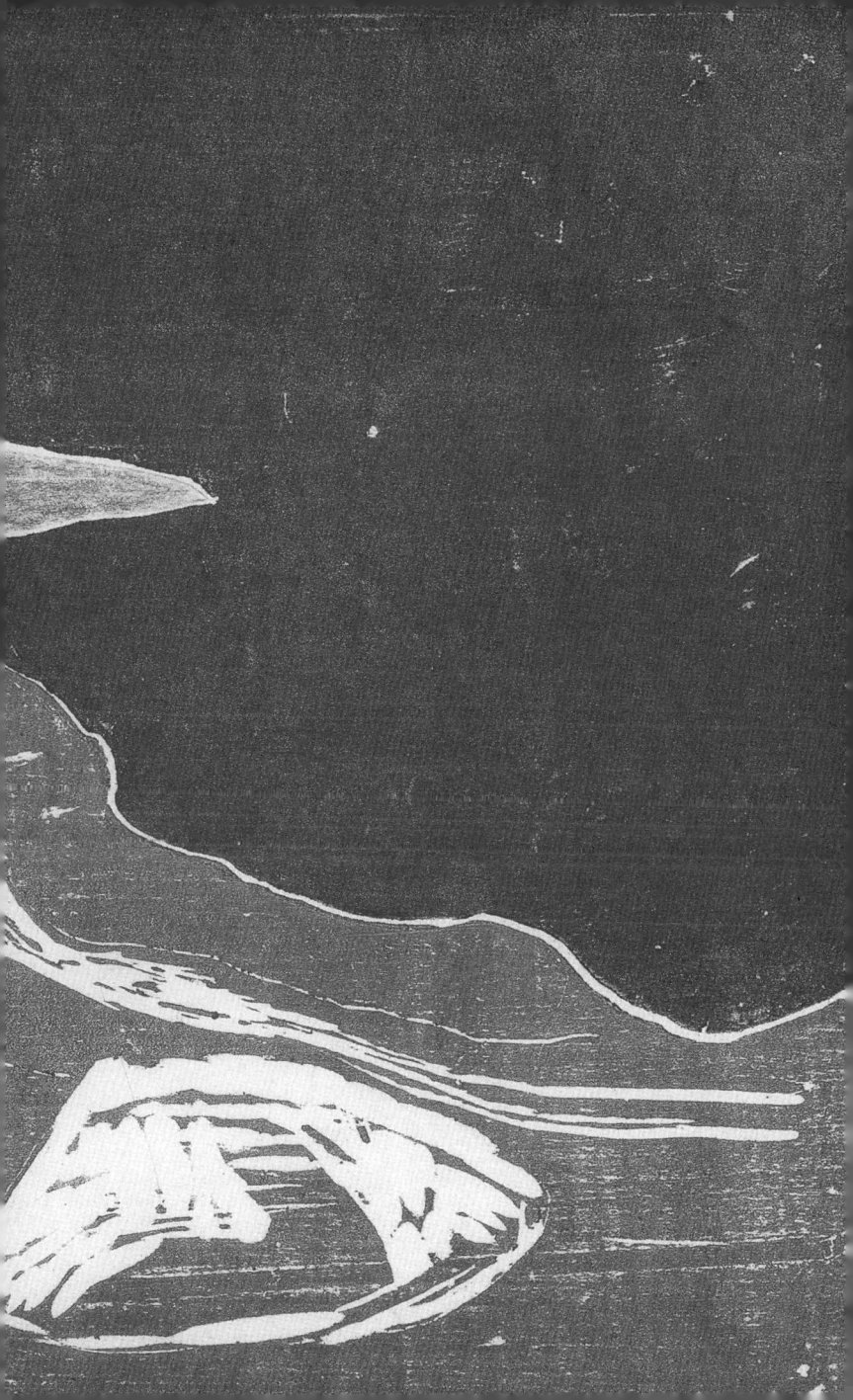

7장

# 우쿨렐레

# 1

멀리 떨어진 도시로 발령이 났다. 새로운 임지에서 생활을 시작하기까지 보름 정도 시간이 남아있었다. 방을 구하기 위해 정보를 모으던 차에 곰샘과 연락이 닿았다. 곰샘은 부잣집 아들이었다. 듣기로는 아버지 건물만도 50채가 넘고 고향에 땅이 어마어마하게 많은 땅 부자라고 했다. 곰샘 아버지는 내가 발령이 난 도시에 많은 원룸 건물을 갖고 있었다.

나는 그중 하나에 세를 들었다. 곰샘은 원룸 건물 두 개에 적당한 방들이 남아있다고 했다. 건물 하나의 이름은 '햄릿'이었고, 다른 하나는 '오필리아'였다. 먼저 '햄릿'에 들러 방을 보았다.

투룸에 기본옵션이 완벽한 공간이었다.

"샘. 여기 어때요?"

"정말 좋은데요?"

"동기들은 다 어디로 갔어요?"

"사실 잘 모르겠습니다."

곰샘이 머리를 긁적이며 뜻밖의 말을 했다.

"선아샘이 왔던데요."

"그런가요."

"이곳으로 발령이 났다고 하더라고요. 집 알아본다고 연락이 왔었어요."

어색한 침묵이 흘렀다.

"남자친구랑 같이 온 것 같던데."

"네. 그랬군요."

"길 건너편에 있는 '오필리아'로 갔어요."

'오필리아'는 둘러볼 필요가 없어졌다. 마침 햄릿에는 곰샘도 살고 있었다. 가까이에 누군가 아는 사람이 살고 있다는 것만으로, 선아를 마주치지 않을 수 있다는 것만으로 지금은 충분했다.

곰샘은 줄담배를 피웠다. 그는 담배 맛을 아는 사람이었다. 내 눈길을 느끼더니 말했다.

"이거 엄청 독해요. 담배 끊었다고 하지 않았어요?"

"네. 끊으려고 하는 중이에요."

곰샘의 입에서 연기가 피어올라 하늘하늘 공기 중으로 흩어졌다. 깊게 숨을 들이마시고 내뿜는 모습은 내가 술에 취한 후 내뱉는 한숨과 비슷했다.

"그럼 하나만이에요."

"네. 감사합니다."

목이 따갑고 기침이 계속 나왔다. 한 대를 기어이 다 피웠다. 나는 고개를 절레절레 흔들었다.

"이거 다시 할 게 못 되네요."

"그죠? 끊었으면, 손 안 대는 게 좋아요."

고개를 좌우로 흔드니 공중으로 붕 뜨는 몽롱한 느낌이 몰려왔다. 그 느낌이 좋아 계속 고개를 좌우로 흔들었다.

# 2

 새로 부임한 학교는 분업 시스템이 훌륭했다. 덕분에 여유가 생겼다. 헬스장에 등록해 운동을 시작했다. 하루에 세 시간씩 운동을 꼬박했더니 몸이 섬섬 좋아졌고 기분도 나아졌다. 살이 빠지니 주변에서 소개팅 주선도 들어오기 시작했다.

 평일에는 세 시간씩 운동을 마치면 기진맥진 잠들기 바빴다. 주말이 문제였다. 시간이 넘쳐흘렀고 그 시간을 제대로 활용할 줄 몰랐다. 어떨 때는 아침 운동을 다녀와 낮부터 술을 마시기도 했다.

 "자전거를 타볼까요?"

주말마다 술에 취해 비틀거리는 내게 곰샘은 자전거를 타자고 권유했다. 원룸 근처에는 바닷가를 따라 자전거 도로가 시원하게 뚫려 있었다. 곰샘과 시간이 날 때마다 온 동네를 누비며 돌아다녔다. 바람을 헤치며 달리면 상쾌하고 나른한 느낌에 온몸 구석구석 세포들이 행복한 비명을 지르는 느낌이 들었다. 나중에는 머리가 조금이라도 복잡해지면 자전거에 올라탔다.

감정의 기복이나 우울감은 운동으로도 쉽게 사라지지 않았다. 운동할 때 잠시 외면하는 것이고, 운동이 끝나고 집에 혼자 있으면 다시 기분은 가라앉았다.

저절로 술에 손이 갔다. 선아에 대한 미련, 가족들과 망가진 관계, 잃어버린 자존감에 대한 복잡한 생각과 감정들이 머리부터 발끝까지 나를 휘감았다.

"한 번 가보지?"
"……응 알아볼게요."

어머니는 걱정 끝에 정신의학과나 상담센터를 추천했다. 사실 그런 어머니가 미웠다. 생각할수록 이 모든 원인이 어머니에게 있는 것처럼 느꼈다. 나를 미워할 수는 없었다. 이미 내가 너무나 미웠기에 더 미워하다가는 잘못된 선택을 할 것만 같았다. 하지만 어머니를 미워하면 안 된다는 생각과 이런 감정들이 부딪히면 내면은 금방 황폐해져 갔다. 마무리는 또 술이었다. 반복적인 우울과 망상, 술은 도돌이표처럼 매일 반복되었다.

# 3

집에 혼자 있으면 이상한 생각이 나를 갉아먹었다. 예를 들면 누군가를 해치고 싶다거니 나를 해치고 싶다는 상상이 불쑥불쑥 머리에 떠올랐다. 혹은 천장이 갑자기 무너져 내가 죽지 않을까, 건물 위에서 뭔가가 떨어지지 않을까, 버스가 지나가다가 인도로 올라와 나를 치지는 않을까 따위의 생각들이 시도 때도 없이 스쳤다.

좀처럼 삶에 집중할 수 없었다. 망상에서 벗어나기 위해 술에 취해 잠이 들면 그다음은 악몽이 나를 맞이했다. 눈을 감으면 온 갖 창의적인 방식으로 악몽이 펼쳐졌다. 깨어있어도 괴롭고 잠자리에 들어도 괴로운 삶은 마치 무간지옥과 같았다.

 잠이 오지 않는 밤에는 정처 없이 걸었다. 터벅터벅 걷다 보면 기분이 조금 나아지긴 했는데 그렇다고 기분이 맑아지는 경우는 없었다. 다크그레이가 그레이로 변하는 정도였다. 걷다가도 망상에 빠지면 발바닥에서부터 올라오는 분노를 참지 못해 휴대전화를 던지거나 소리를 질러대곤 했다. 어쩔 땐 길을 가는 사람들을 해치는 망상에 시달리기도 했다. 그럴 땐 너무 무서웠다.
 편의점으로 들어가 술을 사 들고 집으로 돌아왔다. 세수하다 보면 거울 속에 눈이 빨개진 사내가 있었는데 그럴 땐 그 사내에게 욕을 퍼부어댔다. 평생 이렇게 살아야 한다면 너무 형벌이 가혹한 것 아닌가.
 슬펐다.

# 4

곰샘은 언제부턴가 기타 비슷한 악기에 빠져있었다. 우쿨렐레라고 했다. 예전에 시골에 있을 때는 제자에게 우쿨렐레를 잠깐 배워 학교 축제 무대에도 올라갔다는 것이 아닌가. 최근에는 동호회에 들어갈까 한다고 했다.

"샘도 같이할래요?"

"네? 음……."

한 음씩 튕겨보니 소리는 작고, 경박했다. 곰샘이 쿨의 「아로하」튕기는 소리를 듣고 비로소 우쿨렐레가 마음에 들기 시작했다. 어느새 나는 우쿨렐레를 손에 들고 동호회 모임에 참여하고 있었다.

봄 향기 가득한 어느 저녁, 곰샘과 첫 동호회 모임을 마치고 나와 집 근처 공원의 벤치에 앉았다. 방금 배운 우쿨렐레 기본음을 퉁기며 곰샘에게 말했다.

"이렇게 갑자기 뭔가를 시작하니 신기하네요."

"웃기죠. 하다 보면 괜찮을 거예요. 사람들도 만나고."

"권해주셔서 감사해요. 덕분에 힐링을 경험하네요. 연습을 많이 해야 할 텐데……."

"너무 열심히 하려고 하지 말아요. 참! 샘. 내 제자도 함께하기로 했어요."

"제자요?"

"전에 말했는데 기억하려나? 지영이라고."

의식의 끄트머리에서 빛이 반짝였다. 곰샘이 가르쳤던 제자인데 인근 학교에서 기간제 교사로 근무한다고 했었다.

"우쿨렐레를 보여줬더니 배우고 싶어 하더라고요. 「아로하」를 들려줬어요."

"곰샘은 「아로하」를 잘 치는 것 같아요."

"예전에 학교 공연 준비하느라 백번도 넘게 친 덕분이죠. 이것만큼은 자신 있거든요. 함께 하는 사람도 생겨서 좋네요."

# 5

 

조용한 방에 앉아 현을 하나씩 퉁기면서 우쿨렐레를 조율하니 온통 그레이로 가득 찬 방에 인디 핑크기 번지는 듯했다. 우쿨렐레를 퉁기다가 술을 사러 나갔다. 곰샘은 원룸 입구에서 담배를 피우고 있었다.

"어디 가요?"

"아! 편의점에 갑니다."

"같이 가요."

곰샘이 술을 사줬다. 소주 한 병. 딱 이만큼만 먹으라며 걱정해 주는 곰샘이 고마웠다.

"안녕하세요."

지영은 발랄하게 인사하며 우리에게 걸어왔다. 아담한 키에 저녁에도 빛나는 하얀 피부, 크고 동그란 눈에는 장난기가 가득했다. 회색 후드에 청바지, 하얀 운동화 차림의 그녀는 온몸에 생기가 넘쳐흐르고 있었다.

"왔나. 인사해라. 선생님이다."

곰샘은 제자에게 손을 흔들어 반갑게 인사하더니 내게 인사시켰다.

"안녕하세요. 지영이에요. 히힛."

가까이서 보니 웃는 얼굴에 콕 박힌 보조개가 귀여웠다. 분홍빛 입술 사이로 흘러나오는 히힛 웃음소리와 애교 있는 몸짓은 보고만 있어도 기분이 좋았다. 오랜만에 만나는 기분 좋은 사람이었다.

셋이 함께 우쿨렐레를 배우러 가는 날이었다. 작은 카페에 동호회원 10명 정도가 모여 우쿨렐레도 치고 차도 함께 마셨다. 음악에 대해, 일상에 관해 이야기를 나누다 보면 두 시간은 금방 지나갔다.

곰샘은 여러 사람과 벌써 안면을 트고 이야기를 나누고 있었고, 지영도 모임의 막내로 귀여움과 사랑을 받고 있었다.

"오랜만에 뒤풀이 가죠! 치맥 어때요?"

총무가 모임을 제안했다. 왠지 더 있으면 스트레스를 받을 것 같아 할 일이 있는 척 먼저 집으로 돌아가려 했다.

"저 오늘은 일이 있어서 먼저 가보겠습니다. 다음에 함께 할게요."

곰샘은 나와 무리 사이에서 잠시 머뭇거리다가 말했다.

"저도 내일 아침 일찍 일이 있어서. 죄송해요."

결국, 셋을 두고 나머지 동호회원들은 모두 다음 장소로 떠났다. 우리는 돌아오는 길에 강가 공원에 들렀다. 많은 사람이 강가에 나와 더위를 식히거나 돗자리를 깔고 야식을 먹고 있었다.

별이 반짝이는 하늘, 그 아래 공원에서는 버스킹이 한창이었다. 작은 무대들에서 울려 퍼지는 고운 음악 소리가 공원을 수놓았고 밤 산책을 나온 동네 사람들은 그 앞에 발을 멈추었다.

"샘, 우리도 구경하다 갈래요? 히히힛."

지영이 버스킹에 시선을 고정한 채 곰샘에게 말했다.

"그럴까? 샘 괜찮아요?"

곰샘은 나에게 미안한 듯 말했다.

"네. 저는 좋아요."

무대가 잘 내려다보이는 계단에 앉았다. 버스킹을 하는 청년들은 김광석과 장범준 곡을 차례로 불렀고 노래가 끝날 때마다 박수 소리가 멈추지 않았다. 지영은 버스킹에서 저렇게 노래 잘 부르는 사람들은 처음 본다며 눈을 반짝였다. 지영의 눈빛을 보고 있으니 괜히 마음이 설렜다. 넓은 공원과 강바람 사이로 곰샘과 지영의 웃음이 자유로이 흘러 다녔다.

# 6

한동안 소개팅으로 바빴다. 주말마다 여기저기서 들어오는 소개팅이나 선에 나가느라 정신이 없었다. 이떤 때는 한 주에 세 명을 만나기도 했는데 그럴 땐 문자를 보낼 때 이름을 헷갈리지 않으려고 조심했다.

노력도 허사였다. 매번 소개팅에 실패했던 이유는 선아와 비슷한 느낌을 상대에게서 찾고 있었기 때문이다. 당연히 그런 사람은 없었다. 한번은 선아와 거의 비슷한 체형을 가진 사람이 소개팅에 나온 적이 있었다. 그녀와 만남을 꽤 오래 가졌지만 결국 사귀지는 못했다. 내 마음속에 선아는 하나의 기준이었고 나는 사람들을 그 기준에 맞춰 비교하고 있었다. 곰샘도 소개팅하고 오면 허탕 치는 경우가 많았다. 늘 이런 식으로 말하곤 했다.

"내가 하자가 많은가 봐요. 하하하."

곰샘에게 하자가 많은 것은 아니었다. 적어도 내가 보기엔 성격이나 외모, 재력에서도 부족할 것 없는 사람이었기 때문이다. 나는 곰샘의 가슴을 노크하듯 두드리며 말했다.

"아직 사랑 세포가 잠자고 있나 봐요. 아니, 어쩌면 기절했나? 좀 깨워야겠는데요."


소개팅이 끝난 뒤, 공허함이 밀려오면 나는 곰샘을 불러내 건물 옥상으로 향했다. 캔맥주와 안주를 사 들고. 내가 먼저 푸념을 늘어놓았다.

"잘 안되네요. 틀렸나 봐요. 이번 생에는."

"에이. 샘은 아직 젊고 괜찮은 사람이니까 금방 만날 수 있을 거예요."

"아무래도 마음이 고장 난 것 같아요. 설레지 않아요."

"억지로라도 만나보지 그래요. 설렘이 생길 수도 있잖아요."

"그렇게도 생각해 봤는데 상대방에 대한 실례인 것 같다는 생각이 들었어요. 설레지 않는데 설레는 척, 좋아하지 않는데 좋아하는 척. 못하겠어요."

"그래도 포기하지 말고. 계속 만나 봐요. 선아는 이제 잊어야죠. 그쪽은 연애도 하며 잘 지내고 있잖아요."

"그렇죠. 괜히 저만 아직 미련이 남았나 봐요."

"어이구. 착해서 그래요. 다른 사람 신경 쓰지 말아요. 본인이 제일 중요하지."

"그게 잘 안되네요. 얼마 전에 곰샘도 소개팅하지 않았어요?"

곰샘은 맥주를 쭉 들이켜더니 말했다.

"안 나갔어요, 사실은."

"왜요?"

"사진을 봤는데 정말 내 스타일이 아니더라고요. 이젠 내 나이도 사십 대에 접어드니 스타일 따지기도 민망하지만요. 결혼이고 뭐고, 아버지 지인의 소개라 집에서는 만나보기를 원했는데 뜻대로 잘 안 풀리네요."

"그래도 한 번 나가보시지."

"마음에 안 내키는 건 어쩔 수 없더라고요."

# 7

 9반은 불편한 반이었다. 의지와 활력이 없는 아이들이 한 반에 모여 있었다. 딱딱한 강의식 수업이 이루어질 땐 아이들과의 교류가 특히 중요하다. 그냥 강의만 해서는 5분 이상 집중하기 힘들다. 다른 반에서 나름 검증했다고 생각한 농담이나 예화도 9반에서는 차라리 하지 말걸 하는 생각이 들었다.

 모둠 수업을 할 때는 심리적 부담이 더 심했는데 '모둠 수업'이라는 말을 들으면 9반 학생들은 하늘이 무너지는 듯한 표정을 짓곤 했다.

 교무실 창문 밖으로 운동장을 보니 하늘엔 먹구름이 가득했고

사방은 어두웠다. 앙상한 나뭇가지 끝에 애처롭게 매달린 나뭇잎들은 세찬 바람에 비명을 지르며 휘날리고 있었다. 수업 종이 울렸다. 마음을 비우고 9반으로 향했다. 복도는 길고 어두웠다.

'오늘도 세상 무너지는 표정을 하겠지.'

불이 꺼져 있었다.

'아예 불도 꺼놓고 자는구나.'

교실 조명을 켰다. 잠에서 깨어난 아이들 미간에는 주름이 커튼처럼 내려앉아 있었다. 교탁에 서서 보니 가관이었다. 깨어있는 아이는 한 명도 없었다. 시간표를 보니 앞 교시에 영어 수업이었다. 분필을 꺼내 오늘 수업 주제를 칠판에 크게 적었다. 딱딱한 분필이 칠판을 내리찧는 소리가 아이들을 깨워주기를 기대하면서. 잔소리하기도 귀찮았다.

아무도 일어날 생각을 하지 않았다. 겨우 일어난 서너 명의 학생들에게 주변 아이들에게 깨워 달라고 부탁했다. 깨어난 아이들은 슬로모션으로 주변 친구들을 깨웠지만 그래도 요지부동인 아이들. 그 눈물겨운 광경 앞에 가슴 깊은 곳에서 분노가 올라오기 시작했다.

굳이 표현하지 않았다. 시간이 조금 더 흐르자 몇몇 아이가 잠에서 깨어났고, 나는 역시 무감각하고 딱딱한 말투로 오늘은 모둠 수업이라고 알렸다.

"아!"

아이들은 탄식 소리를 내며 곧 멸망을 앞둔 인간세계에서 볼 수 있을 법한 절망적인 움직임으로 책상을 손과 발로 툭툭 밀기 시작했다. 무거운 책상은 덜커덩덜커덩하며 가까이 모였다. 어떤 아이들은 책상이 무겁다는 핑계로 등만 돌리고 앉았다. 한 명이 그렇게 앉자 몇몇 아이들도 따라 했다. 뚜껑이 열리고 욕이 튀어나올 뻔했지만 참고 있었다.

아이들에게는 수업 받을 권리가 있었다. 그 망할 학습권이 나를 칠판 앞으로 데려갔고, 기계적으로 개념을 끄적였다. 칠판에 시선을 고정한 채 개념을 설명했다. 개념 설명은 순조롭게 이어졌다. 마지막 순간 그만 실수를 저지르고 말았다.

"이해했나요?"

돌아오지 않는 대답. 아마 그 질문은 이성에서 나온 것이 아니었다. 아이들을 혼쭐내고 싶은 억눌린 감정이 무의식에서 올라와 입 밖에 흘러나온 것이었다.

대답 좀 하라고 잔소리를 할 생각으로 아이들 쪽으로 몸을 돌렸다. 그때였다.

"흐~읍."

눈앞이 뿌옇게 변해갔다. 초점을 제대로 잡기 힘들었고 세상이 조금씩 왼쪽 아래 방향으로 기울어갔다. 숨도 잘 쉬어지지 않았다. 숨을 힘껏 들이켰지만, 평소의 절반도 코로 들어오지 않았다.

당황해 교탁을 손으로 붙잡았다. 한두 번 숨을 더 들이켰지만 마찬가지였다. 복도로 뛰쳐나갔다. 문을 벌컥 열고 밖으로 나가 얼굴을 창밖으로 내밀었다.

몇 분이 지나 호흡은 정상으로 돌아왔고 초점도 또렷해졌다. 등에서는 식은땀이 흘러 목덜미와 등이 축축해졌다. 교실로 들어가자 아이들은 모두 깨어나 책상을 가지런히 붙인 채 문제를 풀고 있었다.

조퇴를 신청했다. 출퇴근길에 보아두었던 정신과에 들렀다. 담당 의사와 상담을 하고 여러 검사를 했다. 의사는 상냥했다.

꽤 오래 과거의 이야기를 주절거렸지만, 담담하게 들어주었다. 파괴적인 감정과 생각을 이야기할 때는 감정적으로 힘들었지만 겨우 솔직하게 다 이야기를 꺼냈다. 의사가 말했다.

"괜찮습니다. 그런 생각이나 감정들, 누구나 가질 수 있습니다."

누군가가 나를 이해한다는 생각에 눈물이 나오는 것을 겨우 참았다. 우울증, 불안장애와 공황장애 등을 진단받고 알약을 먹기 시작했다. 녹색, 분홍색, 노란빛의 파스텔 톤의 약은 작고 귀여웠다.

작고 귀여운 알약의 힘은 대단했다. 먹고 나면 속이 메슥거리는 부작용은 있었지만, 마음이 편해지고 이상한 생각은 점점 줄어들었다.

# 8

 웃음이 많고 발랄한 지영은 밝은 미소와 재밌는 주제로 사람들과의 관계를 즐겼다. 곰샘과 내가 풍기는 음산하고 칙칙한 분위기는 그녀가 등장하면 밝게 변했다. 그녀가 말할 땐 입에서 음표가 두둥실 나오는 듯했고 손뼉을 치며 박장대소하면 세상도 함께 웃었다.

 모임을 마친 후 곰샘과 나는 지영을 집 근처까지 데려다주곤 했다. 지영의 자취방은 '오필리아'에 있었다. 그곳에는 선아가 살고 있어서 갈 때마다 발길이 머뭇거렸다. 곰샘은 나를 배려해 지영을 데려다줄 때는 조금 떨어진 곳에서 작별 인사를 했다.

"잘 들어가라. 샘들은 갈게. 도착하면 카톡 하고."

"네. 샘. 히힛. 고마워요. 조심해서 들어가세요."

늦은 밤 길거리에는 사람도 차도 별로 없다. 가로등이 지영을 끝까지 비추는 것을 본 후 우리는 집으로 돌아왔다. 어느 날, 곰샘은 내게 농담 반 진담 반으로 물었다.

"샘. 지영이 어때요?"

"지영 씨요? 사람 좋네요. 밝고, 씩씩하고, 사람 편안하게 해주고."

"그럼 지영이랑 잘해보는 건 어때요?"

"네? 아유! 아닙니다."

"왜요? 둘이 잘 맞는 것 같은데."

"에이! 참. 놀리지 마십쇼."

"놀리는 게 아니라. 딱 샘 스타일인 것 같은데? 지영이도 샘 같은 스타일 좋아하고."

"아이고. 말씀만으로도 감사합니다. 나이도 차이도 많고, 아직 애기잖아요."

"에이 나이야 뭐. 보자 샘이 올해……. 둘이 열두 살밖에 차이 안 나는데?"

"…… 하하하하하!"

한 번도 상상해보지 않았던 말이었다. 어쩔 줄 몰라 하는 나를 보면서 곰샘이 말했다.

"선아 때문에 너무 힘들어하지 말아요. 나보다는 샘이 낫다."

"네?"

"나는 이제 나이도 많아서 소개팅도 안 들어오고 선 보면 아줌마만 나오고 뭐."

"에이······. 곰샘. 요즘엔 남녀 나이 합해 70 넘어야 선이래요."

"크크크크. 그럼 나는 몇 살을 만나야 하는 건가요?"

우리는 피식피식 웃으며 걸었다. 건널목에서 신호를 기다리며 내가 말했다.

"우리끼리는 75로 정하죠."


침대에 누우니 지영의 얼굴이 떠올랐다. 잠시 기분 좋은 상상에 빠졌다가 고개를 휘저었다. 곰샘이 고마웠다.

# 9

 개운한 아침을 언제 맞이했는지 기억이 잘 나지 않는다. 신선한 아침 공기 대신 몸 깊숙한 곳에서 올라오는 술 냄새와 함께 출근하기 일쑤였다.

 출근과 동시에 입에 독한 커피를 넣었다. 다행히 커피는 죄책감을 주지 않았다. 방울방울 떨어지는 드립 커피를 보고 있으면 마음이 편안해졌다. 물도 섞지 않은 커피의 쓴맛과 세수로 정신을 번쩍 깨우고 나면 아침이 아침답게 보이기 시작했다. 어떨 때는 수업 준비도 하지 않고 수업에 들어갔다.

 삶은 그냥 그랬다. 그냥 정해진 시간에 발맞춰 걸어간다는 느낌만 있을 뿐, 삶에서 의미나 재미 같은 것은 찾을 수 없었다. 수업 시간에는 '의미 있는 삶'과 '인간다운 삶'을 이야기했다. 과연 내가 그런 말을 할 자격이 있는 사람인가, 하는 생각이 들 때면 또다시 지독한 우울함에 빠져들곤 했다.

'그럼, 왜 살지?'

주변엔 물어볼 사람도, 대답해 줄 것 같은 사람도 보이지 않았지만, 무엇보다 진지하게 생각하는 행위 자체가 싫었다. 진지하게 생각했다간 그 생각에 깔려 다시 일어나지 못할 것 같았기 때문이다. 그럼에도 불구하고 하루에 몇 번씩은 '왜 사는가?'라는 질문이 머리에 불쑥불쑥 떠올랐다. 그 질문은 나를 나에게서부터, 정확히 말하면 삶에서부터 점점 떼어놓고 있는 기분이 들었다.

'그런 이유 같은 건 없다.'

# 10

 주말 아침. 술병을 안고 먼지처럼 방 안에 누워있었다. 평소와 다른 풍경이 눈에 들어왔다. 방문 앞에 부모님이 서 있었다. 어머니가 놀란 눈으로 나를 쳐다보고 있었다. 몸을 일으키며 내가 퉁명스럽게 말했다.

 "아침부터 무슨 일이에요."

 "괜찮나?"

 어머니 목소리가 떨리고 있었다.

 "네? 뭐가요?"

 어머니는 말없이 휴대전화를 내밀었다. 가관이었다. 술김에 나는 지난밤 장문의 문자를 보냈고 어머니는 놀라서 한걸음에 달려온 것이다. 삶의 이유를 찾지 못하겠다는 푸념, 선아에 대한 그리움, 부모에 대한 원망, 그래서 어쩌고저쩌고하고 싶다는 내용이 가득했다.

"괜찮아? 방에서 담배 냄새 많이 난다."

"……오늘 출근이에요."

아버지는 거실에 서서 뒷짐을 지고 아무 말도 없었다. 화장실에서 세수만 하고 짐을 챙겨 집을 빠져나왔다. 휴대전화기를 껐다.

도로는 한적했다. 아무도 없는 바다로 갔다. 쓸데없이 하늘은 맑았고 필요 이상으로 바다는 푸르렀다. 갈매기는 저들끼리 평화로워 보였다.

빵--빵-빵-빵---

창문을 열어둔 채 경적을 울려댔다. 갈매기들은 불청객의 객기에 심기가 상한 듯 바다 위로 높이 날아올랐다. 고함을 내질렀지만, 목이 잠겨 소리가 나오지 않았다. 힘껏 뱉어내고 싶던 고함들은 비실비실 떨어지는 썩은 나뭇잎처럼 공중에 힘없이 흩날렸다.

담배를 한참 태우다 집에 들어갔다. 담배 연기를 뱉으며 한숨을 쉬는 게 좋았다. 숨에 섞인 뽀얀 연기에는 마음에 있는 응어리들이 함께 녹아 나오는 것만 같았다. 흩어지는 연기를 보며 멍하게 있으면 생각을 멈출 수 있었다.

 집은 깨끗하게 변해 있었다. 거실에 누웠다. 차가운 냉기가 바닥에서 몸으로 옮겨왔다. 한참을 누워있다가 휴대전화를 켜니 어머니에게 문자가 와 있었다.

현을 하나씩 퉁기면서 우쿨렐레를 조율하니
온통 그레이로 가득 찬 방에 인디 핑크가 번지는 듯했다

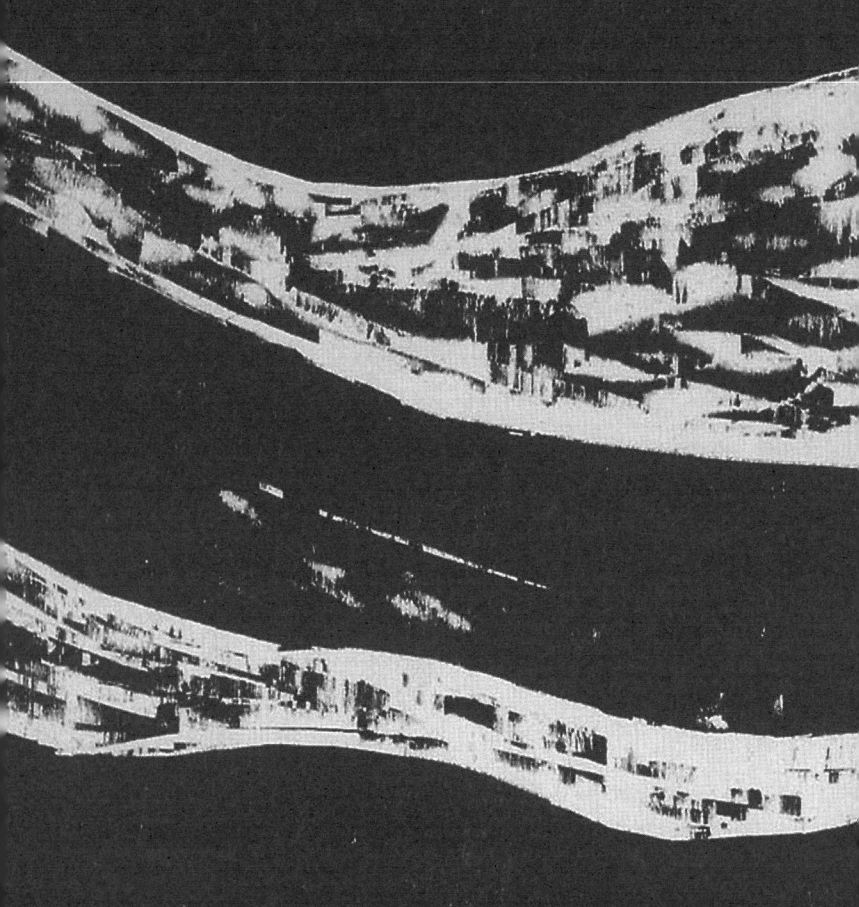

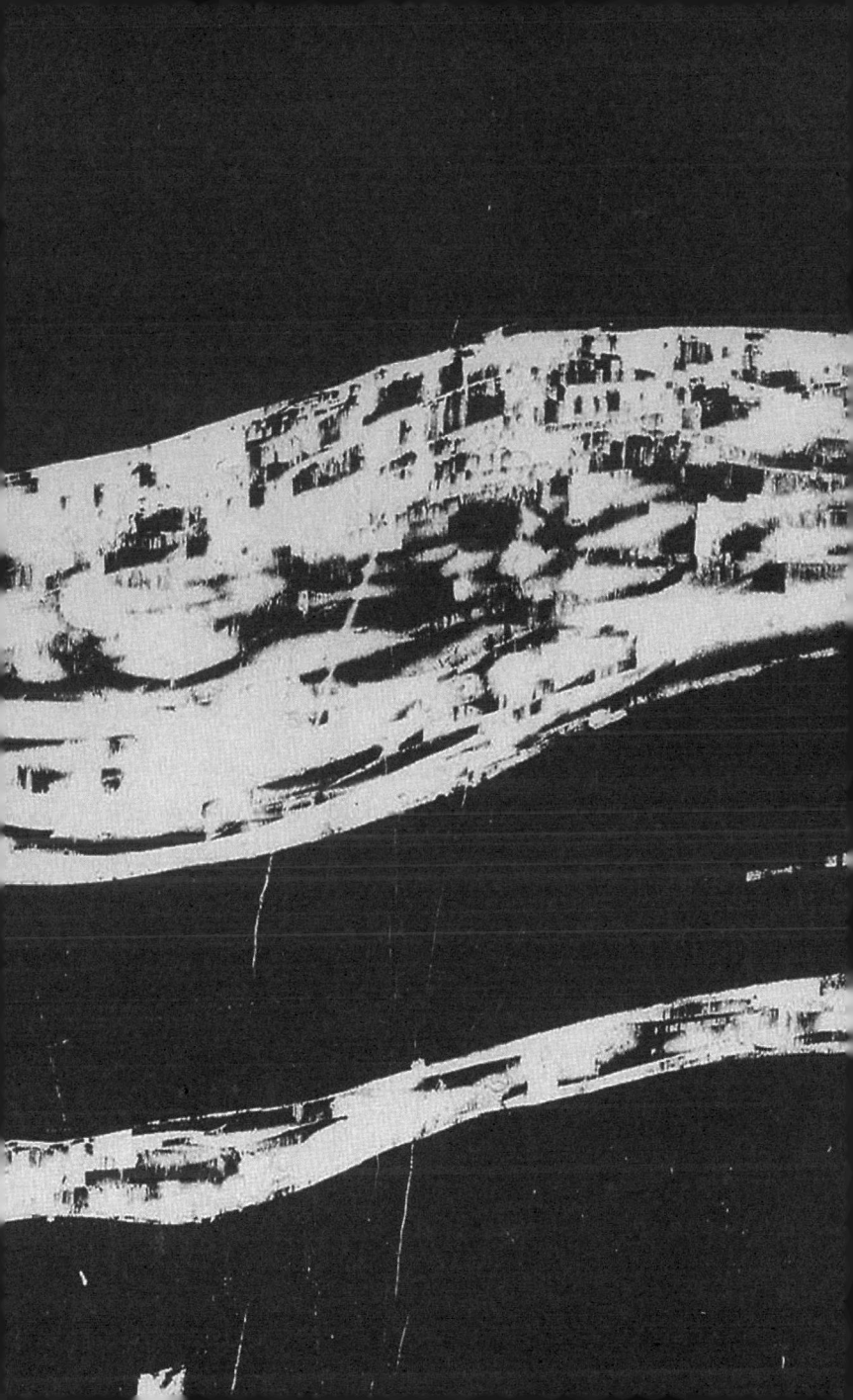

8장

**비틀비틀**

# 1

지영은 책상을 마련하고 싶어 했다. 일자 책상과 코너 책상을 후보에 올려놓고 며칠 고민하기에 내가 쓰고 있는 코너 책상의 장점을 말해주었다. 지영은 코너 책상을 사기로 했다고 연락을 해왔고, 나는 몇 가지를 추천해 주었다. 방 사진을 보내 달라고 한 뒤 함께 고민해 책상 위치를 정했다.

며칠 후 지영은 영상통화까지 걸어 방에 배치한 책상을 보여주었다.

"샘. 책상 왔지롱."

"오. 좋아 보이는데?"

"엄청 좋아요. 히힛. 이제 여기서 수업 준비할 수 있어요."

"잘됐네. 스탠드 설치해서 켜봐. 오, 분위기 좋아."

"히히히, 스탠드 켜니까 정말 분위기 있고 좋다. 고마워요. 덕분이에요."

"덕분은 무슨. 내가 뭐한게 있나."

그때부터 지영과 자주 연락을 주고받았다. 지영은 앞으로도 가르치는 일을 계속할 것인지, 이곳에는 언제까지 머물러 있어야 할지 고민 중이었다. 나는 별 도움을 주지 못했다. 그저 힘들어할 땐 들어주고 힘내라고 말해주는 게 다였지만 그녀는 고마워했다. 하루는 늦은 밤에 전화를 걸었다.

"집에서 부모님이 사과 주셨는데 좀 나눠줄까요?"

"사과? 갑자기 웬 사과?"

"전에 사과 좋아한다고 했잖아요. 생각났어요."

"좋지. 지금갈까?"

"지금? 지금은 좀 그런데……."

"알겠어. 다음에 갈게."

"아니에요! 지금 와요! 괜찮을 것 같아!"

지영의 집으로 가는 도중 편의점이 보였다. 평소 지영이 좋아했던 초콜릿 과자를 몇 개 샀다. 빼빼로는 사려고 들었다가 그냥 내려놓았다.

'오필리아'에 도착해 보니 주차장에 선아 차가 있었고 언제든 그녀가 나타날 것만 같은 생각이 들었다. 지영이 알려준 공동현관 비밀번호를 누르고 불안하게 안으로 들어갔다.

'이곳 어딘가에 선아가 있겠지.'

현관 벨을 누르니 문이 조금 열렸다. 작은 문틈 사이로 종이가방과 함께 손이 쑥 나왔다. 나는 과자가 담긴 봉지를 건넸다. 지영은 뜻밖의 선물에 놀란 듯 고개를 문밖으로 내밀었다. 그녀는 손에 들린 봉지와 내 눈을 번갈아 보며 활짝 웃었다.

"에이 뭐 이런걸."

콧소리를 내더니 잠시 후 깜짝 놀라 문을 닫으며 소리쳤다.

"아! 맞다! 화장! 보지 마세요!"

복도에는 정적이 흘렀다. 나를 비추던 복도 불빛이 꺼졌다. 몇 초 뒤 문이 다시 조금 열렸고, 그 사이로 지영의 작은 목소리가 흘러나왔다.

"미안해요. 너무 놀라서 그랬어요. 나 화장을……. 방금 지워서……."

키득키득 웃음이 나왔다.

"왜, 화장 지운 모습도 귀여운데?"

"악!"

다시 문이 닫혔다. 문에 입을 대고 말했다.

"고마워. 사과 잘 먹을게. 잘 자. 좋은 꿈 꾸고."

모두가 잠이 든 시간. CU와 GS가 꼿꼿이 서서 도로를 밝히고

8장 비틀비틀

있었다. 하늘에는 밝은 보름달이 떠 있었고 그 달빛은 텅 빈 도로에 부드러운 이불처럼 포근하게 내려앉았다. 오랜만에 느껴보는 사람 냄새와 지영의 미소에 기분이 좋았다.

# 2

 술에 절은 나를 구제하기 위해 곰샘은 종종 밤 산책에 나를 불러냈다. 이럴 때는 늘 지영이 함께 했다. 이야기부따리를 펼치며 동네를 크게 빙 돌다 보면 한 시간이 금방 흘렀다. 집에 들어와 샤워하면 곧, 취침시간이 다가왔기에 술 먹는 것이 귀찮아 빼먹기도 했다.

 가끔 곰샘은 들어오는 길에 셋이 술 한잔하자고 권하기도 했는데 나는 집에서 혼술할 생각에 사양했다. 곰샘은 함께 마시는 술이 천천히 마실 수 있어서 다음 날 아침 컨디션 유지에 좋다고 했다.

정말 그랬다. 함께 마시는 술이 훨씬 즐거웠다. 곰샘이 바빠서 걷지 못할 땐 지영과 둘이 걸었다. 처음엔 어색해서 짧게 돌다가 점차 횟수가 쌓이면서 한 시간, 어쩔 땐 두 시간도 돌아다니며 수다를 떨었다. 12년의 나이 차가 무색하게 나는 어느 순간부터 지영에게 애교스러운 표현을 시작했다.

"나 요즘 약 먹어."

"약? 무슨 약이에요?"

"잘생겨지는 약."

"와. 약을 잘못 먹은 것 같은데요?"

지영은 아재 개그에도 박장대소하며 반응했다.

컨디션이 좋을 때는 지영을 생각보다 많이 웃길 수 있었다. 지영의 밝은 웃음을 보면서 나는 무너져내린 자신감을 조금씩 쌓아 나가기 시작했다.

지영은 학교생활에 점점 지쳐가는 것 같았다. 먼 출퇴근 거리, 매일 찾아오는 수업 준비 시간 때문에 학교뿐만 아니라 집에서도 가끔은 긴장을 풀기 어렵다고 했다. '그래도 하다 보면 잘하게 되겠죠. 히히.' 하며 웃는 지영을 보며 내 초임 시절이 생각났다. 지영은 오늘 아이들 때문에 짜증 났지만 그래도 아이들이 너무 귀엽다며 깔깔댔다. 미소 짓는 내게 지영은 손으로 술잔 잡는 흉내를 내더니 뒤로 꺾었다.

"한 잔 어때요?"

"둘이?"

"네. 둘이."

"좋아. 너희 집 근처 맥줏집 있던데 거기로 가자."

가는 날이 장날이었다. 맥줏집은 문을 닫았고 근처 갈만한 곳은 사람이 들어차서 조용히 마실 분위기가 아니었다.

"그냥 집에서 먹을래요?"

"집?"

"너무 사람 많으면 대화할 때 소리 질러야 할 거예요. 우리 집이 바로 근처잖아요. 어때요?"

"괜찮아?"

"괜찮아요. 괜히 밖에서 돈 쓰지 말고 집에서 한잔해요."

편의점에서 맥주와 소주, 오징어 다리, 과자 몇 개를 사서 지영의 집으로 갔다. 지영은 신이 난 듯 손을 앞뒤로 흔들며 앞장섰고 나는 선아와 마주칠까 봐 주위를 살피며 뒤를 따랐다. 여유 있는 지영과는 다르게 나는 서둘러 현관문을 통과했다.

흰 벽지에 노란색 커튼, 세간살이는 단출했고 방은 아늑했다. 책상 위에는 시바 강아지와 라이언 인형이 나란히 앉아있었다. 지영은 인형 옆에 있는 스탠드를 켜 벽을 비추고 형광등을 껐다.

"짠. 분위기 좋죠?"

지영은 함박웃음을 지으며 방을 자랑했다. 스탠드의 불빛을 벽에 반사하니 방 안이 은은했다. 방의 아늑함과 여자 냄새 때문에 정신이 아찔했다.

"좋은데? 너무 분위기가 좋아서 영광입니다."

지영은 책상을 가리키며 웃었다.

"책상은 어때요? 실제로 보니까."

"배치 잘했네. 실제로 보니 커서 좋다."

"엄청 좋아요. 헤헤. 기다려봐요. 잔 가져올게요."

늦은 밤 산책 때문인지 우리는 술에 금방 취했다.

나는 양해를 구하고 잠시 누웠다. 내가 기지개 켜는 모습을 내려다보던 지영은 귀엽다며 깔깔대고 웃었다.

"으갸갸갸갹."

누워서 기지개를 켜니 온몸이 시원했다. 대자로 누워 천장을 바라보니 동그란 형광등이 빙글빙글 돌고 있었다.

"으갸갸갸갸."

지영도 나를 따라 자리에 눕더니 기지개를 켰다. 조용한 방에 숨소리만 가득한 채 몇 분이 흘렀을까, 우리는 곧 꿈나라로 출발했다. 꿈속에서 처음 보는 누군가가 나를 쫓아왔다. 그리고 성별도 나이도 제대로 알 수 없는 또 다른 이가 내 왼팔을 잡고 늘어져서는 놔주지 않았다. 그렇게 도망가지도 못하고 떼어내지도 못하면서 고통받는 꿈이었다.

# 3

 왼쪽 팔이 저렸다. 눈을 떠보니 지영의 머리가 팔 위에 올라와 있었다. 벽에 붙은 시계가 새벽 두 시를 가리키고 있었다. 귓가에 지영의 숨소리가 쌔근쌔근 들려왔다.

 나도 모르게 지영의 하얀 볼과 긴 목, 분홍빛 작은 입술에 눈이 갔다. 심장이 조금씩 빨리, 격렬하게 뛰는 것이 느껴졌다. 숨을 크게 들이켰지만 별 소용이 없었다.

 그때였다. 지영이 눈을 떴다. 서로 눈이 마주치자 심장은 더욱 크게 요동쳤고 팔로 그 진동은 고스란히 지영에게로 전해지는 것만 같았다. 눈을 살며시 뜬 채 나를 바라보던 지영의 입술이 살짝 열렸다.

참을 수 없었다.

다음날, 정신이 반쯤 나간 사람처럼 교무실에 앉아있었다. 어젯밤에 있었던 일을 떠올리니 후회가 밀려왔.

짝꿍인 우니가 컨디션을 건넸다.

"서준이 어제 많이 마셨나 봐. 오늘 조퇴해."

"아냐. 괜찮아. 그 정도는 아니야."

생각이 머릿속을 바쁘게 돌아다녔다. 답답한 속을 어찌해야 할지 몰랐다. 우니에게 어제 일을 털어놓을까 생각했지만 미쳤다며 등짝을 얻어맞을까 봐 차마 말하지 못했다. 공강 시간에 벤치에 앉아 한숨을 쉬고 있을 때 지영에게 문자가 왔다.

– 샘. 잘 들어갔어요?

이모티콘 하나 없는 담백한 문자. 어쩌면 지영이 크게 화가 났을지도 모른다는 생각에 걱정되었다. 엄지를 천천히 움직이며 평소처럼 답했다.

– 응 덕분에. 어제 술 많이 먹었지? 머리 안 아파?

침묵이 꽤 흘렀다.

지영에게 답문이 왔다.

-머리는 괜찮은데. 속이 상하네요. 어제 일은 내게 엄청난 일인데. 샘에겐 별일 아니었나 봐요.

점심시간에 지영의 집으로 달려갔다. 지영은 말없이 문을 열어 주고 방 가운데 앉았다. 어색한 침묵이 흘렀다. 내 무릎에 시선을 고정한 지영에게 한숨을 쉬며 말을 꺼냈다.

"어제 일은 진짜 미안해. 내 실수야."

"아니에요. 그렇게 말하지 말아요."

지영에게 내 감정과 상태를 솔직하게 털어놨다.

"약을 먹는다고요?"

"응."

"왜 약을 먹기 시작했어요? 말해 줄 수 있어요?"

의사에게 했던 말을 압축해서 지영에게 한 번 더 말했다. 선아가 같은 건물에 산다는 말을 들었을 때 지영은 조금 놀라더니 기억난다는 표정을 지었다.

"아. 예전에 곰샘이랑 지나가면서 인사한 적 있어요. 두 번 정도 마주친 것 같아."

"그랬구나."

"이쁘던데."

그동안의 이야기를 하는 데는 오랜 시간이 걸리지 않았다.

지영은 고개를 끄덕이며 이해한다는 표정을 지었다. 그리곤 말없이 다가와 등 뒤에서 나를 안았다. 따뜻한 기운이 느껴졌다.

"오빠."

오빠라는 말은 처음이었다. 뒤를 돌아보았다. 지영은 나를 정면으로 꼭 안더니 귓가에 대고 말했다.

"내가 약이 되어 줄게."

# 5

 지영은 경주를 좋아했다. 보문호수 야경과 도시 자체의 조용한 분위기를 마음에 들어 했다. 경주에 벚꽃을 보러 갔을 때는 오중일 행복한 표정이었다. 그 모습이 사랑스러웠다.

 "니 혹시 지영이랑 만나나?"
 "네?"
 지영과 경주 나들이를 다녀온 날. 호랑샘에게 전화가 왔다. 지영과 호랑샘은 같은 학교에 근무하고 있었다. 상대는 촉이 좋은 사람이다. 머뭇거리면 바로 눈치챈다.

"에이, 설마요. 만나면 말씀을 드렸죠. 왜요?"

"아니……. 지영이 카톡 프사에 니하고 찍은 사진이 올라왔었거든. 근데 지금은 내렸고. 분명히 니였는데……. 니 아니가?"

사실, 우리가 만나고 있다는 말이 목구멍까지 올라왔지만 눌러 담았다. 호랑샘은 잠시 생각하더니 갑자기 지영에 대한 내 마음을 궁금해했다.

"서준아. 지영이는 어때?"

"네?"

"둘이 잘 어울릴 것 같은데?"

"아이고. 말씀만도 감사합니다."

이야기를 들은 지영은 깜짝 놀랐다.

"어머! 정말 잠시 올렸는데!"

"그랬구나."

"곰샘이 보면 놀랄까 봐 바로 내렸어. 오빠 얼굴은 스티커로 가렸는데. 어떻게 알았지?"

스타일이나 체형으로 추측하고 찔러봤을 것이다.

"알리고 싶어? 그럼 알리자."

"잉. 부끄러워. 곰샘한테 뭐라고 하지?"

"그냥……. 만난다고 하면 어때서?"

"으……. 아직은 말하기 부끄러워. 내가 분위기 봐서 천천히 말해볼게."

# 6

저녁 식사와 설거지를 마치고 그날 찍었던 사진을 하나씩 넘겨 보았다. 분홍색 벚꽃 아래에서 환하게 웃는 지영의 모습은 내 마음을 밝게 했다. 지영이 베개를 탁탁 쳤다.

"환자님. 여기 누워보세요."

스탠드 조명이 로맨틱한 분위기를 만들었다. 나는 편안하게 누웠고 지영은 우쿨렐레를 꺼내 들었다.

"눈을 감고 마음을 편하게 합니다."

"눈을 꼭 감아야 하나요?"

"네. 그래야 약발이 잘 받거든요. 히힛."

우쿨렐레 소리가 들려왔다.

"약 먹을 시간이에요."

우쿨렐레 반주에 맞춰 지영이 노래를 시작했다. 쿨의 「아로하」였다. 가사를 아는 부분에서는 허밍으로 함께 불렀다.

> 어두운 불빛 아래 촛불 하나
> 와인 잔에 담긴 약속 하나
> 항상 너의 곁에서 널 지켜줄 거야
> 날 믿어준 너였잖아 오

살며시 눈을 떴다. 지영은 하얀 이를 드러내며 노래를 불렀다. 행복해 보였다. 우리는 거꾸로 눈을 마주친 채 작은 목소리로 속삭이듯 노래를 불렀다.

> 걱정 마 I believe 언제나 I believe
> 이 순간을 잊지 않을게
> 내 품에 I believe 안긴 너의 미소가
> 영원히 빛을 잃어가지 않게
> Cause your love is so sweet
> You are my everything

다시 눈을 감았다.

"선생님. 병 다 나은 것 같아요."

"아직 약이 남았어요."

"뭔데요?"

음악이 그치고, 보드라운 입술이 다가왔다.

# 7

 지영과는 반년 만에 헤어졌다. 선아에 대한 미련과 어머니의 반대 때문이었나. 시영은 내게 약이 되어 주려 부단히 노력했지만, 미련한 환자는 온갖 이유를 대며 약을 거부했다. 지영과 만날 때도 선아에 대한 기억과 그리움이 떠올랐다. 나는 지영에게서 선아의 그림자를 찾고 있었다. 급기야 지영을 선아와 비교하기 시작하더니 상처를 주는 행동을 하기 시작했다.

"오빠, 괜찮아?"

"응……."

"……"

"미안해……."

"아니야……."

함께 방에 있으면서도 어디선가 선아 목소리가 들려오면 나는 민감하게 반응했다. 지영은 속상해하면서도 나를 타박하지는 않았다. 그저 내가 빨리 낫기만을 바랄 뿐이었다.

헤어지기 얼마 전. 오랜만에 고향에 방문했었다. 동생은 데이트하러 시내에 갔다. 부모님은 내게 만나는 사람은 없는지 물어보았다. 마침 동생의 결혼이 다가오고 있었다. 좋은 타이밍이라 생각하고 지영이 이야기를 꺼냈다. 어머니는 노발대발했다. 나이 차이가 많다는 것, 기간제 교사라는 것이 이유였다.

"결혼할 상대를 사귀어야지!"

어머니의 태도에 나는 의지하고 있던 인생의 축이 와르르 무너져 내리는 느낌을 받았다. 마음속에 있던 생각들이 강력한 파도에 휩쓸려 흔적도 없이 사라져 버린 듯했다. 할 말을 잃은 나는 눈을 감고 숨을 크게 들이쉰 다음 한 마디를 읊조렸다.

"엄마. 내가 좋아한다잖아요."

집을 떠났다. 동생과 아버지에게서 문자와 전화가 거듭 왔지만 받지 않았다. 흘러내리는 눈물을 닦아내느라 운전이 곤란했다.

'가족으로부터 축복받는 결혼은 사치일까?

'그게 그렇게?'

훈민이가 말했던 축복받는 결혼이 떠올랐다.

'내가 누굴 만나건 그냥 환영해 주면 안 되나?'

맞은편 자동차 라이트가 시야에 번졌다. 앞을 분간하기 힘들었다. 점점 숨이 가빠왔고 손과 몸이 마구 떨렸다. 차를 갓길에 세우고 겨우 빠져나와 바닥에 주저앉았다. 두 무릎 사이에 고개를 박은 채 한동안 구토와 싸웠다. 어머니에게 쏟아붙이듯 말하며 문을 박차고 나오던 장면이 떠올랐다.

"엄마. 나 별거 아니야."

"뭐?"

"나! 진짜 아무것도 아니라고! 엄마 아들!

그거 별거 아니야!"


혼란스러웠다. 내 안에 간직하고 있던 어떤 것늘이 얼굴을 묻은 두 무릎 사이로 흘러내리는 느낌이 들었다. 그게 무엇인지는 잘 모르겠지만, 많은 것들이 마음속 깊은 곳에서부터 확실히 깨지고 바스러졌다.

# 8

상태는 더욱 나빠졌다.

하루는 망상으로 가득했고 숲은 밤을 다시 지배하기 시작했다.

삶에서 웃음은 사라졌다. 다른 사람의 말과 행동에 극도로 예민해진 나는 눈을 감고, 귀를 막고, 입을 닫기 시작했다.

지영은 나를 보며 마음 아파했다. 이대로 가면 지영에게 웃음보다는 더 큰 상처를 줄 수밖에 없다고 결론을 내린 그때, 나는 이별을 고했다. 슬프게도 헤어지기에 정말 좋은 타이밍이 찾아왔다. 지영은 언제부터인가 감정 표현을 잘 하지 않는 나를 보면서 다른 여자가 생겼다고 짐작했다. 몰래 내 휴대전화를 열어보기 시작했고, 그 모습을 내가 목격하면서 우리는 관계를 자연스럽게 마무리했다.

# 9

"아! 퇴근하고 싶다."

출근과 동시에 퇴근을 외치는 나를 보고 우니는 피식 웃었다.

"으이그. 술 냄새. 어제 또 마셨구만?"

"응. 조금."

나는 의자를 뒤로 젖히며 누웠다.

"뭐랑 먹었는데?"

"맞춰봐……."

"눈 밑에 애교살 모양을 보아하니 간밤에 만두 먹었구만."

"대단하네. 어떻게 알았지?"

"이제 하도 많이 보니까 대충 알 것 같다. 너는 술 먹은 다음 날 눈 밑에 애교살이 안주 모양으로 나타나거든."

우니는 동갑내기였다. 속 깊고 다정한 그녀는 술로 힘들어하는 내게 초코우유며 컵라면 등 해장할 거리를 챙겨주곤 했다. 그러면서도 술을 왜 마시는지는 묻지 않았는데 그것이 고마웠다.

"이봐. 우니."

"응."

"왜 사는 걸까?"

"음……. 이런 이야기를 들으면 장난이 아닌 건 아는데. 너만 보면 장난치고 싶단 말이야."

우니는 잠시 생각하더니 별것 아니라는 듯 말했다.

"그냥."

대답은 명쾌했다.

"응?"

"그냥 사는 거지. 뭐."

"그냥?"

"응. 그냥 사는 거야. 거창한 이유가 어디 있나? 오늘, 지금 행복하면 되는 거지."

"지금 행복하면 된다. 좋은 말이야."

"말은 쉽지. 근데 그게 안 돼서 다들 괴로워하는 것 아닐까?"

"지금 행복하면 된다. 그런데 그게 어렵다……."

"너는 술 먹고 매일 저녁 행복하잖아. 그러면 됐지. 나보다 나아."

"아니. 행복하지는 않아."

"그럼?"

"술 마실 때는 잠깐 기분이 좋은데. 그다음엔 뭐랄까. 아침에 깨면 지독하게 허무하거든."

"그럼 다른 걸 해 보지 그래."

"그러게. 술 대신 뭘 하면 좋을텐데."

"하고 싶은 건 있어?"

"……아니."

# 10

퇴근 후 멀리 바닷가에 있는 카페로 갔다. 사람이 거의 없는 한적한 곳이었다. 낮은 언덕에 2층짜리 작은 카페가 있었다. 2층 테라스에서 아래를 내려다보니 바다 풍경이 시원하게 한눈에 들어왔다.

바다에는 서퍼들이 파도에 올라가려고 안간힘을 쓰고 있었고 나는 한동안 멍하게 바라보았다. 서퍼들은 파도를 놓쳐도 아쉬운 기색이 없었다. 뒤이어 다른 파도들이 3중 4중으로 밀려오고 있었기 때문이다. 파도 위에서 즐겁게 시간을 보내던 서퍼들은 해가 지면서 백사장에 올라오기 시작했다.

바다에는 끊임없이 반복해 밀려오는 파도만 남았다. 파도는 매일 내 머리에 떠오르는 망상들처럼 보였다.

'왜 살고 있니?'

'왜 살고······.'

'살고 있니?'

'왜 그러니?'

'왜 그러고 있니?'

# 77

"괜찮아요?"

"네? 아 네. 조금 걸으니까 낫네요."

"많이 힘들어 보여요."

"네. 아니. 아닙니다. 괜찮습니다. 저보다는…….."

술에 취해 이리저리 길을 돌아다니던 어느 날이었다. 조퇴를 신청하고 초저녁부터 술에 잔뜩 취해있었다. 그날은 왠지 밖으로 나가고 싶었다. 술집마다 사람들이 가득했다. 퇴근한 사람들은 이제 막 모여 술자리를 시작하고 있었다. 색색의 조명과 네온사인이 술집을 치장했고, 큰 창 너머로 삼삼오오 모인 사람들은 저마다 웃음꽃을 피우고 있었다. 길거리엔 담배 냄새 가득했는데 사람들의 말소리와 섞이며 공중에 몽실몽실 피어올랐다.

나는 그사이를 헤치며 좀비처럼 앞으로 걸어갔다.

좌로 비틀.

우로 비틀.

다시 비틀.

비틀.

술집 거리 끝에는 한적한 도로가 나왔다. 반대편에는 작은 아파트가 있는데 나는 그곳으로 막 이사를 한 참이었다. 그대로 도로를 건너 집으로 가지 않고 오른쪽으로 돌아 내리막길로 갔다. 몇 미터를 따라 내려가니 사람도, 차도, 술집도 사라졌다.

공기가 달라졌다. 바닥을 거칠게 딛는 내 발소리만 들렸다. 내리막길은 술 취한 상태로 걷기 힘들었다. 결국, 인도 턱에 걸터앉았다. 고개를 숙여 무릎 사이로 얼굴을 묻었다. 소리를 질렀다. 모기만 한 소리가 비실비실 흘러나올 뿐이었다. 한숨을 길게 내쉬자 땅으로 들어갈 것 같은 느낌이 들었다.

한참 후 고개를 들었다. 가로등을 똑바로 보려고 눈에 힘을 줬다. 가로등은 잠시 멈췄다가 다시 빙글빙글 돌기 시작했다. 그때 어디선가 향 좋은 담배 냄새가 진하게 났다. 곰샘이 피던 담배였다.

"괜찮아요? 왜 여기에 앉았어요?"

"아. 곰샘……."

곰샘 부축을 받아 집으로 비틀거리며 돌아왔다. 나는 연신 미안하다 외쳤고 곰샘은 괜찮다며 앞으로는 술 먹을 때 자기를 부르라고 말했다.

"요즘 지영이가 힘들어하던데. 혹시 왜 그런지 알아요?"

한숨이 나왔다. 술기운이 내 입을 열어버렸다. 곰샘에게 지영과 있었던 일들을, 헤어지기까지의 일들을 자세히 말했다. 곰샘은 고개만 끄덕였다. 담배를 하나 얻어 피웠다. 괜한 말을 꺼낸 것은 아닌지 후회했다.

# 72

 어머니가 와 있었다. 빨래며 음식이며 부족한 것들을 채우고 있었다. 처음 보는 집인데도 불구하고 어머니 손은 거침없었고, 내게 부족한 살림 용품들을 수납장에 차곡차곡 채워놓았다. 집안은 환하게 변했고 어머니는 만족스러워했다.

 ―샘 잘 지내요? 오후에 시간 나면 얼굴 봐요.
 아파트로 이사한 지 반 년 정도 지난 어느 날, 곰샘에게 연락이 왔다. 나는 밖으로 나왔다. 곰샘 차로 근처 바닷가에 나갔다. 우중충한 하늘 아래 바다는 잿빛 파도를 크게 일으키고 있었다. 곰샘은 트렁크에서 새로 산 미니 전동 바이크를 꺼내더니 내게 타보라고 권유했다. 전동 바이크에 올라타고 한적한 바닷가 마을을 달리니 기분이 좋아졌다. 피부를 스치는 바람은 마음을 씻어주었다.

30분 정도를 바닷가 근처 도로를 왔다 갔다 달리며 시시껄렁한 이야기를 나누었다. 집으로 돌아오기 위해 차에 올랐다. 곰샘은 운전대를 잡고 잠시 생각을 하더니 곧 입을 열었다.

"샘. 나 할 말이 있는데."

"네?"

"근데…… 좀 놀라지 싶다."

"뭔데요?"

좋은 사람을 만났나보다 짐작했다.

"혹시?"

"맞아요. 흐흐흐."

"잘 됐습니다!"

기뻤다.

"나 지영이랑 만나요."

순간 몸에 힘이 풀리면서 저만치 아래에서 무언가 기어오르는 걸 느꼈다. 나는 가까스로 그 기운을 억누르며 환한 미소를 지었다. 신난다는 듯 어깨와 팔을 들어 올려 축하의 말을 전했다.

곰샘은 안도의 표정을 지었다.

'지영이랑……. 곰샘이랑…….'

둘이 손을 잡고 나란히 서 있는 모습을 상상하며 집으로 향했다. 도착해 현관문 손잡이를 돌리려는 순간 음식 냄새가 진동했다. 어머니가 있다는 사실이 기억났다. 어머니와 지영, 곰샘이 이리저리 내 안에서 둥둥 떠다녔다.

어둡고 눅눅한 비상계단을 올랐다.
'서준아. 좋은 일이야. 평소 원하던 일이었잖아. 곰샘 행복해하는 얼굴을 보니 기분이 좋았잖아. 지영도 이제 행복할 거야. 좋잖아. 괜찮아. 좋을 거야. 다행이야.'

눈을 감고 벽에 기대 잠시 숨을 고르다 어두운 계단 위에 풀썩 앉았다. 슬픔과 무력감이 한데 섞여 눈물이 흘렀다.

나는 그 사이를 헤치며 좀비처럼 앞으로 걸어갔다.
좌로 비틀. 우로 비틀. 다시 비틀. 비틀.

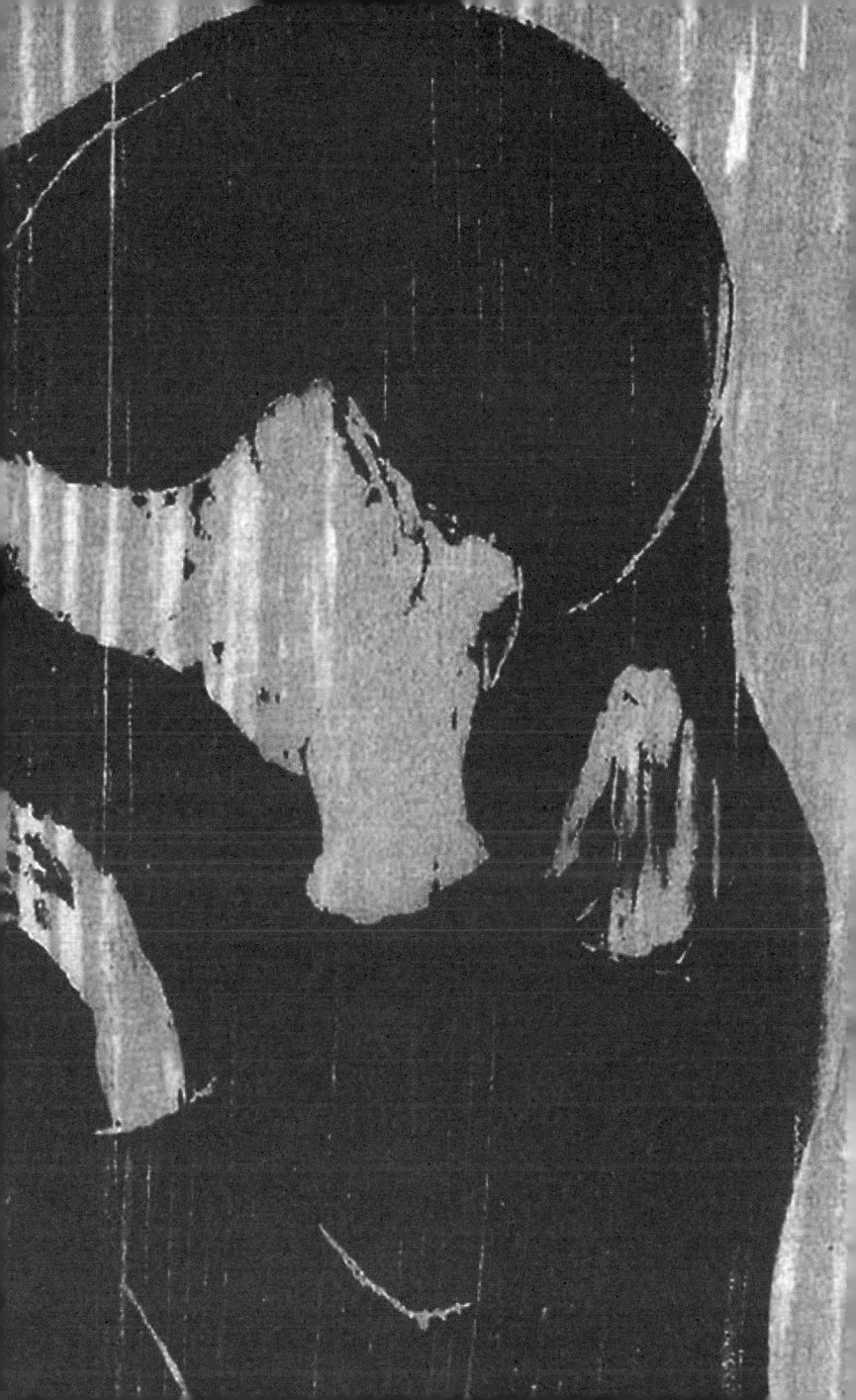

9장

# 노란빛

# 1

"내 니한테 왜 맨날 전화하는지 아나?"

"아뇨."

호랑샘은 나를 지그시 쳐다보았다. 바닷가 근처 바람이 잘 통하는 어느 통닭집에서 술을 마시는 중이었다. 호랑샘은 내게 하루 두 번 정도 전화를 걸어왔다. 별로 할 말이 없어도 담배를 태우면서, 어디로 이동을 하면서 전화를 했다.

"죽었을까봐."

호랑샘은 아마도 곰샘이나 지영으로부터 어떤 말을 들었을 것이다. 나를 위로해주려고 그런 수고를 하고 있었다. 나는 쓴웃음을 지으면서 걱정말라고 했다. 호랑샘은 시끄럽다는 듯이 한쪽 눈썹을 들어올렸다.

"어제는 전화 왜 안 받았어?"

"전원이 꺼져서요. 충전중이었어요."

"전원 꺼뜨리지마라."

"네?"

"내 상상력 자극하지 말라고. 괜히 사람 놀래잖아."

세상 어디선가 나의 생사를 확인하려는 사람이 있다는 것이 약간은 고맙기도 했다. 호랑샘과 나는 말없이 술을 연달아 마셨다.

호랑샘은 짧게 한숨을 쉬었다.

"곰샘, 연락 안 받는다며?"

"언젠가 인연이 되면 자연스럽게 만날 날이 오겠죠."

연락을 할 자신이 없었다. 어색한 관계에서 다시 상처를 받게 될까봐 무서웠다. 지영에게 마음의 부담이 될 것도 신경 쓰였다. 복잡한 관계를 애써 유지할 힘이 남아있지 않았다.

"내년에 결혼할 것 같던데."

나는 말없이 잔에 술을 따랐다.

"나이도 있으니까 서두르지 않겠나."

"그렇겠죠. 아마도."

호랑샘은 나를 굴속에서 빼내기 위해 부단히 노력했다.

매일 저녁 나를 끌고 체육관으로 향했다. 체력이 길러져야 마음도 유연해진다며 글러브와 운동화를 사주었다. 예의상 며칠 나가고 그만둘 생각이었지만 샌드백을 쳐보니 스트레스가 풀리는 기분이 들었다. 이후로 일과는 체육관에서 마무리했다.

몇 달이 흘렀다. 유난히 춥던 어느 날 오후 두 시. 그동안 연락이 없던 곰샘으로부터 전화가 왔다. 발신자가 곰샘인 것을 확인하고 응답을 하지 않았다. 곧 결혼할 모양인 듯했다. 함께 복싱을 하던 호랑샘이 말해줬다.

"둘이 결혼했데이. 저번 주에."

마음속으로 두 사람의 앞날을 축복했다. 나중에 만나면 안부를 전해달라고 부탁했다. 며칠 뒤, 호랑샘은 또 다른 소식을 들려주었다. 선아의 결혼 소식이었다.

# 2

"서준아. 나온나."

"오늘 몸이 피곤해요."

"지랄 말고 지금 집 앞으로 가니까 빨리 나와."

"진짜 오늘은 좀 쉴게요."

"그러다 병든다. 말하지 말고 그냥 일단 나온나."

곰샘과 지영, 선아의 결혼 소식을 연달아 듣고 의욕이 온몸에서 죽 빠져나가 버렸다. 운동을 일주일 정도 쉬고 있을 때 호랑샘이 나를 체육관으로 납치하러 왔다.

"선아 결혼 땜에 그러나."

호랑샘이 운전하며 물었다.

"뭐 꼭 그것 때문이라기보다는……."

갑자기 왜 의욕이 사라지고 우울함을 느끼는지 정확하게 표현하기는 어려웠다. 내 감정은 잔뜩 꼬인 실뭉치처럼 지저분했다. 평소와 달리 샌드백이 벽처럼 단단했다. 결국, 운동은 채 20분도 못했다. 호랑샘에게 집에 간다는 말을 던지고 도망치듯 체육관을 나왔다.

샤워기에서 떨어지는 물을 바라보면서 한동안 그대로 서 있었다. 불도 켜지 않은 채 침대에 누웠다. 눈을 뜬 채로 어두운 방 안에 한참을 누워있었다. 곰샘도 지영도 선아도 모두 내가 진심으로 잘 되기를 바라던 사람들이었다. 그동안의 소망들이 현실로 나타났지만 이상하게도 전혀 기쁘지 않았다. 모순된 감정 속에서 길을 잃은 듯했다.

진심은 더 이상 믿지 못할 것이 되었고 나는 분열을 느끼고 있었다. 사방이 차갑게 느껴졌다. 두꺼운 이불을 찾아 머리끝까지 뒤집어썼다.

# 3

"술 언제 먹었어?"

건우에게 전화가 왔다. 일주일에 일곱 번 술을 마시고 있었지만 잠시 생각하다가 거짓말을 했다.

"3일쯤 됐어."

"그래? 나 방금 알코올중독 체크리스트 보다가 네 생각났거든. 요즘 술 많이 마신다며."

"좀 많이 마시긴 하지."

"근데 리스트 보니까 술 마신 사실을 다른 사람한테 숨기면 그건 알코올 의존이나 중독 단계로 넘어간 거래."

퇴근하고 집에 돌아오면 전날 해치운 술병들이 식탁 위에서 나를 반겼다. 그걸 보고 있으면 지긋지긋한 감정이 올라왔다. 이렇게 살다간 큰일이 생길지도 모른다는 불안감이 엄습했지만 그럴 땐 색이 예쁜 신경정신과 약들이 나를 달래줬다.

그래도 안 되면 술을 사러 나갔다. 보통은 소맥을 먹었고 비가 올 때는 막걸리를 먹었다. 심혈관 질환에 좋다는 이야기를 듣고는 와인도 가끔 챙겨 먹었다. 술은 최고의 진정제였으며 힘든 하루를 버텨낸 나에게 주는 위로였다.

아침에 일어나면 술 냄새를 없애기 위해 양치를 연속으로 하고, 찬물로 샤워를 했다. 출근길에는 껌을 몇 개씩 질겅질겅 씹었다. 교무실에 들어가면 독한 커피로 술 냄새를 없애려고 했다.

오전 10시가 넘어가면 숙취가 슬슬 올라왔는데 심할 때는 수업에 집중하기가 힘들었다. 그 시간만 잘 넘기면 점심시간이었다. 점심을 먹으면 컨디션을 곧 회복했다. 그때마다 '다시는 술 먹나 봐라' 결심했지만, 저녁의 나는 결심을 떠올리지 못했다.

"그래?"

"진짜 3일 전에 먹은 거지?"

"아냐. 사실 어제도 먹었어."

내 목소리에 힘이 빠진 것을 느꼈는지 건우는 안쓰러운 듯 말했다.

"서준아. 니가 행복하게 살았으면 좋겠어."

미간이 간지러웠다. 나는 눈썹을 긁적이며 말했다.

"나도 그래."

몸살이 났다. 롱패딩을 입고 복도를 돌아다니는 학생들을 보고서야 겨울이 온 것을 알았다.

"어이구……. 옷 좀 잘 입고 다니라니까."

"그러게. 말 안 듣다가 몸살이 나려고 하네."

"청춘인 줄 알았지?"

우니는 몸살이 걸려 골골하는 내게 핀잔을 줬다. 나는 무표정하니 모니터에 시선을 고정한 채 앉아있었다. 딱히 두 눈을 둘 곳이 없었다. 가끔 시계를 보면서 초침의 움직임에 맞춰 손가락을 까딱까딱 움직였다. 초침은 정해진 속도와 방향으로 한 치의 망설임 없이 굳건하게 움직였다. 우니가 방울토마토를 건넸다.

"거기 가봤어?"

"어디?"

"왜 저번에 말한 곳 있잖아. 북 카페 있다며."

"아. 거기."

주말에는 카페를 전전하며 시간을 보냈다. 긴 주말을 집에 혼자만 있는 것은 우울함만 키울 뿐이었다. 밖으로 나가 돌아다니거나 카페에 앉아있으면 적어도 사람은 볼 수는 있으니 덜 외로웠다. 우니도 예쁘고 조용한 카페를 찾아다니는 것을 좋아했다. 우리는 인터넷으로 한적하고 조용한 카페를 검색하다가 어느 북 카페에 눈길이 머물렀었다.

"아직 안 가봤어. 가보려고 했는데 시간이 없네."

"집도 가까운데 퇴근 일찍 하면 들려봐."

"조만간 가보고 어떤지 말해줄게."

"블로그 보니까 엄청 예쁘던데."

"카페가 다 그렇지 뭐."

# 5

 며칠 뒤 늦은 퇴근길에 인터넷에서 보았던 그 카페를 찾았다. 아담한 건물 3층에 있는 북 카페 입구에는 독서 모임과 책 홍보 전단이 붙어있었다.

 '아! 여기는?'

 예전에 술에 취한 채 이 근처를 어슬렁거리다가 여러 번 본 적이 있었다. 자정을 훌쩍 넘은 시간까지 환하게 불을 밝힌 그곳이 과연 어떤 공간인지 궁금했었다. 클래식북스였다. 입구에 구식 타자기와 손님을 환영하는 문구가 있었다. 실내는 조용한 가운데 알 수 없는 클래식 음악이 흘러나오고 있었다. 자리에 앉은 사람들은 책에 집중하느라 나를 쳐다보지도 않았다. 독서실과 비슷한 분위기였으나 커다란 책꽂이와 그곳에 가득 들어찬 책들, 클래식 음악은 여느 곳과는 다르게 풍요로운 기운을 주었다.

 서가에는 책이 가득했는데 거의 다 두껍고 어려워 보이는 고전들이었다. 카페 이름이 고전을 의미한다는 것을 그제야 눈치챘다. 밤 9시가 넘은 시간. 카페에서 사람들이 늦은 밤까지 책을 읽고 있다는 사실이 낯설었다.


 "정말? 가보니 어땠어?"
 우니는 관심을 보였다.
 "괜찮았어. 뭔가 신기한 곳이었어."
 "좋았나 보네?"
 "응?"
 "오랜만에 웃으면서 말하는 것 보니까. 좋았나 봐."
 "그런가?
 언제 같이 가보자."


 일찍 퇴근하여 갈 곳이 없으면 그곳에 갔다. 사람들이 많으니 외롭지 않았고, 은은한 클래식 음악을 들으며 소파에 가만히 누워있으면 몸과 마음이 정화되는 것 같았다. 그러다 손이 가면 책을 읽고 지겨우면 수업 준비를 하거나 상념에 빠져들었다.

상념에 젖을 때면 보수동 책방 골목에서 선아와 마주 앉아 이야기를 나누던 장면이 떠올랐다. 어쩌면 둘이 나란히 이 공간에 앉아있을 수도 있었겠다는 생각을 하자 씁쓸했다. 카우치에 누워 선아도 그녀가 좋아하는 책이 가득한 어느 공간에서 나와 함께했던 책방골목을 떠올려주길 바랬다.

# 6

 몇 개월이 지나 클래식북스에서 진행하는 〈생각학교〉에 등록했다. 주로 고전을 읽고 시평을 쓰거나 삶의 여러 주제에 대해 자유롭게 글을 썼다.

 처음엔 서평 쓰는 일이 어려웠다. 글을 쓴 경험은 시험을 준비하거나 간혹 짧은 편지를 쓸 때뿐이라 글 쓰는 것에 대한 밑천이 전혀 없었다.

 간혹 몇 주 동안 매일 한 편의 에세이를 쓰기도 했는데, 이런 에세이 과제 역시 부담스럽고 힘들었다. 나의 내면은 철부지 어린아이처럼 허약했다. 때로는 어스름 저녁 무렵 친구들은 하나, 둘 집으로 가고 아무도 없는 놀이터에서 문득 혼자 놀고 있음을 깨닫고 울먹거리는 아이와도 비슷했다. 에세이를 쓸 때마다 이런 내 모습을 직면해야만 했다. 결국 이 과정은 스스로를 괴롭히는 느낌에 시달리게 했다. 내면으로 들어가 나를 만나는 것에는 인내가 필요했다.

천천히 꾸준하게 하얀 종이 위에 지난날과 오늘의 나를 세웠다. 종이 위에는 꼭두각시와 슬픈 아이, 피해의식 덩어리와 합리화의 귀재, 부정적 사고의 화신이 차례로 등장했다.

조금씩 내가 객관적으로 보이기 시작했다.
변화가 필요했다. 떼어내고 싶은 몸과 마음의 나쁜 습관들을 정리했다. 부정적 사고와 망상, 눈치 보기, 책임회피, 합리화, 야식, 과식, 폭음, 폭연 등등. 이것들은 얼기설기 얽혀서 내 몸과 마음을 칭칭 감고 있었다.

처음에는 한꺼번에 떼어내려고 시도했는데 보기 좋게 실패했다. 하나씩 떼어내려고 하는 시도도 여의치 않았.
하나의 습관을 떼어내려고 인내하는 과정에 그 자리를 다른 나쁜 습관이 채웠다. 예를 들어 술을 끊기로 작정하고 몇 주 참으면 그동안 담배를 엄청 피워댄다든지 하는 식이었다. 그리고 결국 실패하면 합리화 또는 삶에 대한 비관적인 태도가 나를 덮쳤다.

'결국, 그럴 줄 알았어. 사는 게 다 그렇지 뭐.'
변화는 쉽지 않았다.

# 7

 12월의 어느 주말. 겨우 눈을 뜨니 대낮이었다. 갈증이 심하게 났지만, 그냥 누워있었다. 눈을 감으면 저녁까지 쭉 잘 수 있을 것 같았다.

 알람 끄기를 여러 번, 정신을 차렸을 땐 이미 해가 저물었다. 온종일 누워있으니 몸이 조금 가벼워졌다. 시원한 물을 들이켜자 마르고 빈속으로 마치 생명이 파고드는 듯한 느낌이 들었다.

 몸을 일으켜 바닥에 앉았다.

 '뭘 해야 하나……'

 아무 생각도 나지 않았다. 바닥에서 엉덩이를 떼려고 했지만 일어나기가 쉽지 않았다. 아직 나른함이 가시지 않았기에 등을 벽에 붙이고 잠시 그대로 멍하게 앉아있었다.

 몇 주 전에 우니에게 추천받은 명상 유튜브 채널이 생각났다. 우니는 어머니에 대한 나의 감정을 전해 들은 후 명상을 꼭 해 보라고 권했다.
 '명상 한 다음에 술 마셔야겠다.'
 추천받은 채널 중에서 기본 명상을 선택해 시작했다. 불과 10분이었는데 생각보다 훨씬 길게 느껴졌다. 가부좌를 튼 자세에서 다리는 저려오다가 감각이 사라져버렸고 등은 뻐근하게 아팠다. 몸이 힘들어지면서 오만 잡생각들이 머리를 휘저었다. 영상이 끝나갈 무렵 겨우 진정할 수 있었다.
 지도자는 명상 마무리를 하면서 사랑하는 사람을 떠올리며 마음속으로 따라 말할 것을 권했다. 눈을 감고 두 손을 모았다. 어머니와 선아가 먼저 떠올랐다.
 "지금 살아 있음에 감사합니다."
 "살아 숨 쉴 수 있음에 감사합니다."
 "내가 아는 모든 인연이 고통에서 벗어나 행복하시기를."
 속으로 따라 말하니 눈물이 차올랐다. 눈물은 볼을 타고 턱을 지나 다리에 후드득 떨어졌다.

# 8

 땅 위에 생명이 피고 산과 들이 빛나기 시작할 무렵 암자로 향했다. 산은 고요했다. 홀로 여러 번 샛길을 만나는 바람에 하마터면 길을 잃을 뻔했다. 가까스로 암자에 도착해 보니 예전에 어머니와 함께 들렀던 당시 모습 그대로였다. 마당에는 작은 탑이, 오른쪽에는 아담한 돌들이 층층이 쌓여있었다.

 스님을 보는 것이 목적이었지만 자리에 있을지는 미지수였다.
 "요즘은 안 계십니다."
 어린 동자승이 홀로 자리를 지키고 있었다.

동자승은 스님은 가끔 이 주씩 자리를 비운다고 했다. 휴대전화가 없는 스님에게 연락할 방법은 없는 듯했다. 천천히 숨을 들이쉬며 주변을 둘러보았다. 암자의 크기에 비해 넓은 마당. 그 구석에는 넓찍한 바위가 있었다. 검은 개가 앉아있었던 자리였다.

그 뒤로 작은 석상들이 바위에 옹기종기 늘어서 있었고, 주변엔 작은 연못이 있었다. 연못에는 분홍 연꽃이 피어 있었다. 마당 반대편에는 산 아래를 굽어보는 나무와 평상이 놓여 있었다. 나무 그늘이 반쯤 진 평상에 앉으니 눈앞에 평화로운 풍경이 펼쳐졌다.

산새 소리가 드문드문 들려왔다.
천천히 숨을 고르다 눈을 감았다. 나뭇잎 사이로 빛이 내려와 얼굴과 팔에 앉는 느낌이 들었다. 그렇게 한동안 있었다.

어디선가 마당을 쓰는 소리가 들려왔다. 눈을 뜨니 마치 푸른색 선글라스를 끼고 바라보는 것처럼 세상은 온통 파란색이었다. 소리를 따라 고개를 돌리니 동자승이 마당을 쓸고 있었다. 바닥에는 딱히 쓸 것이 없었지만 동자승은 빗자루와 함께 천천히 앞으로 움직였다.

이미 깨끗한 마당인데 무얼 하느라 그렇게 열심이냐고 물었더니 빙그레 웃음을 지었다.

"그냥, 매일 씁니다."

건우가 찾아왔다. 건우는 깔끔한 내 집을 보고 놀라워했다.

"와. 두 달 전에는 귀신소굴이었는데. 많이 좋아졌다?"

"그런가?"

"술병에 담배꽁초에…… 방에 온기라는 게 없었는데 이 정도면 대박……."

건우는 화장실 문을 열더니 웃으면서 소리쳤다.

"아. 청소 할 거면 쫌. 화장실도 같이 하지."

건우는 내게 달리기를 추천했다.

"나 살 많이 빠졌지?

달리기로 좀 뺐지. 지금은 너 살 많이 쪘으니까 달리지 말고. 응? 몇 킬로라고? 105? 야, 살 빼! 돼지고기야. 크하하하. 지금은 빨리 걷기만 하고 십 킬로 정도 뺀 다음에 뛰어. 잘못하면 무릎 관절 다 나가. 그리고 우울할 때는 달리는 게 좋다더라. 약 먹어도 힘들 때는 그냥 달려봐."

건우는 선물로 신발을 보내왔고 덕분에 달리기를 시작했다. 처음에는 일 분도 달리기 힘들었는데 반복해서 걷고 뛰다 보니 이제는 한 시간은 버틸 체력으로 변했다. 퇴근 후 바닷가에서 뛰고 달리는 것이 일상으로 자리를 잡았다. 두 발로 지면을 힘껏 밀면서 달리다 보면 기분이 좋았다. 시원한 바람을 피부로 느끼며 달리는 동안에는 고민과 걱정은 사라졌다. 이때만큼은 세상 모든 것들이 가볍고 밝아졌다.

# 10

 한참 달리기에 열중하던 때였다. 노을이 서서히 지고 있는 바닷가 산책로를 달리고 있었다. 평지를 20분간 달리면 오르막길이 등장하는데 그 중간에서 심장이 터질 듯 힘들어 잠시 쉬었다. 오버페이스를 하다 보니 호흡조절에 실패했다. 덕분에 한동안 노랗게 물든 하늘과 푸른 바다의 아름다운 풍경을 볼 수 있었다.

 어디선가 '지잉' 하는 소리가 들려왔다. 오르막길 시작점에서 두 사람이 전동 바이크를 타고 올라오고 있었다. 나는 허리춤에 손을 얹고 시선을 바다로 향했다. 갈매기들이 바닷바람을 가르며 편안하게 날아가는 것이 보였다.

"샘!"

누군가가 나를 불렀다. 뒤돌아보니 곰샘이었다. 옆에는 지영이 서 있었다. 반가운 마음에 곰샘의 손을 마주 잡았다. 지영과는 어색한 눈인사를 나눴다. 다행이었다. 둘은 언젠가 내가 꿈꾸던 아름다운 부부의 모습이었다.

'다행이야. 잘 살아서.'

지영에게 이 말을 하고 싶었지만, 곰샘 앞에서는 입이 떨어지지 않았다. 지영은 어색한 표정으로 인사했다. 짧은 시간 스치듯 만났지만 두 사람은 충분히 행복해 보였다. 둘은 전동 바이크에 올라 오르막길을 다시 힘차게 올라갔다. '지이잉' 소리를 남긴 채.

*

바람이 손가락을 스치며 시원하게 불었다. 산 너머로 해가 고개를 숨기려 하고 있었고 멀리 하늘엔 보름달이 희미하게 걸려있었다. 두 사람은 기울어진 해가 만들어낸 노란빛 속으로 천천히 사라졌다.

어디선가 마당을 쓰는 소리가 들려왔다

## 작가의 말

여러 이유로 마음이 힘든 사람들에게 위로를 건네고 싶다는 생각에서 이 소설을 쓰기 시작했습니다. 당신의 마음에 위로를 건네거나 공감을 불러일으킬 문장이 하나라도 있다면 정말 기쁠 것입니다.

글쓴이와는 별개로 책은 자신의 길을 걸어간다고 하더군요.

마치 생명을 지닌 존재처럼 자신의 길을 찾아가는 책을 상상하니 재미있었습니다. 이 소설의 마침표를 찍을 수 있었던 것은 그런 상상과 믿음이 있었기 때문입니다.

누구나 아픈 기억 하나쯤은 지니고 살아가겠지요. 그중에서도 가족이나 연인처럼 사랑하는 이들 사이에서 생긴 상처는 오랫동안 우리를 괴롭히기도 합니다. 이 소설은 그런 소중한 사람들에 대한 애증의 감정을 다루고 있습니다. 정말 사랑하기 때문에 때로는 너무 미운 사람들. 주인공은 그런 관계와 감정 속에서 방황하는 인물입니다.

서준이는 앞으로 어떤 삶을 살아갈까요? 소설의 마지막 부분을 마치고 해가 질 무렵 바다로 향했습니다. 푸른 바다 위로 펼쳐진 넓은 하늘이 참 좋았습니다. 연보라와 진분홍으로 물든 초저녁 하늘을 바라보며 서준이의 앞날이 저렇게 풍요롭고 아름다웠으면 좋겠다고 생각했습니다.

주인공처럼 방황하던 시기가 있었습니다. 과거에 매몰되어 현재를 살지 못하던 때였죠. 낮에도 밤에도, 심지어는 꿈에서도 피해의식과 부정적 감정들은 질긴 생명력으로 저를 괴롭히더군요.

희미해진 가족과의 유대감, 망가진 인간관계, 술로 점철된 하루, 무기력과 함께 불쑥불쑥 솟아오르는 불안함. 어떻게 만들어졌는지도 모를 도덕적 기준과 강박, 사회적 시선들은 저를 점점 작게 만들더군요. 세상을 탓하며 시간을 보냈습니다. 별것 아닌 바람에도 눈물이 나는 시기를 지나는 동안엔 꽤 괴로웠습니다.

요즘은 긍정적인 시선과 자기애를 갖는 일에 애쓰고 있습니다.

기상하면서 나에게 사랑의 인사를 하거나 출근길 하늘을 보며 모든 것의 시작에 감사를 표합니다. 음식을 먹는 동안에 소화시킬 수 있는 몸을 지니고 있음에 감사를 하고, 산책을 할 때는 걸을 수 있는 길이 있고 두 발바닥이 나를 지탱해주는 것에 감사를 합니다. 잠에 들 때는 오늘 하루를 함께 한 모든 인연들에게 감사를 말해봅니다.

실제 기분과는 별개로 사랑과 감사를 표하고 나면 신기하게도 좋은 기분이 은은하게 온몸에 퍼지는 느낌이 듭니다. 새로운 시선과 사랑으로 바라본 삶은 고통이 아닌 경탄과 찬미의 대상이었습니다. 감사나 사랑으로도 감당하기 힘든 큰 불안과 초조가 밀려올 때도 있습니다. 그럴 때는 그냥 삶을 믿어봅니다. 삶을 믿어보자, 삶이 내게 주는 모든 것들을 좋은 선물로 여기자고 생각하니 마음이 편해지더군요. 매번은 아니지만 조금씩 성공확률이 올라가는 것을 느낍니다. 밤이 어두울수록 별이 더 밝게 빛나듯 부정적인 모든 것들이 나를 더 빛나게 해줄 것이라 믿습니다.

긴 글 읽어주셔서 감사합니다.

당신의 오늘과 내일에 평온과 즐거움이 함께하길 진심으로 기원합니다.

권 해 창

## 작품 소개

본문에 실은 그림은 모두 에드바르트 뭉크(Edvard Munch, 노르웨이, 1863-1944) 작품입니다. 모든 작품은 저작권 보호에 따른 법률을 준수해 배포합니다. 각 작품의 원 제목과 제작연도, 게재 페이지는 아래를 참고해 주세요.

2~3면　7면　18~19면
Night in Saint-Cloud (1890) by Edvard Munch

10면
Kiss (1906-07) by Edvard Munch

26면
The Oak (unknown) by Edvard Munch

30면
Stående figur (1909-10) by Edvard Munch

38면
The Death of the Bohemian (1915-20) by Edvard Munch

44면
Despair (1892) by Edvard Munch

52면
The Tram Loop At Skøyen (1920-30) by Edvard Munch

60~61면
Evening (Melancholy III) (1902) by Edvard Munch

72면
Two Women in the Garden (1919) by Edvard Munch

76면
Apple Tree By The Studio (unknown) by Edvard Munch

86~87면
Encounter in Space (1899) by Edvard Munch

94면
Geniuses in Sun Rays (1914-16) by Edvard Munch

98면
Cabbage Field (1915) by Edvard Munch

104면　188면
Women in the Bath (1917) by Edvard Munch

114면
The hospital room (1885-86) by Edvard Munch

124면
Neutralia by (1915) Edvard Munch

130면
Taarbæk Harbour (1905) by Edvard Munch

138면
Andreas Reading (unknown) by Edvard Munch

150면
Night in Nice (1891) by Edvard Munch

154면
Moonlight (1895) by Edvard Munch

160~161면
Das Herz (1899) by Edvard Munch

172면
Madonna (The Brooch. Eva Mudocci) (1896) by Edvard Munch

176면
The Girls on the Bridge (1918) by Edvard Munch

180면
Experiment in Colour (1915-16) by Edvard Munch

202~203면
Vampire I (1896) by Edvard Munch
212면
Two Human Beings. The Lonely Ones (1899) by Edvard Munch

230면
Seated Female Nude with Blue Stockings (1919-23) by Edvard Munch

238면
Despair (1894) by Edvard Munch

242~243면    336-337면
Anxiety (1896) by Edvard Munch

258면
Self-Portrait in Moonlight (1904-06) by Edvard Munch

270면
Untitled 4 (unknown) by Edvard Munch

280면
Blossom of Pain (1898) by Edvard Munch

290면
Untitled 6 (unknown) by Edvard Munch

296~297면
Two Women on the Shore (1898) by Edvard Munch

304면
A Boat Tied to a Pier (1892) by Edvard Munch

308면
Menesker (1905) by Edvard Munch

320면
Two Human Beings. The Lonely Ones (1890) by Edvard Munch

326면
Det syke øyet. Optiske illusjoner (1930) by Edvard Munch

330면
Bygningsarbeid (1919-20) by Edvard Munch
350면
Young Woman on the Beach (1896) by Edvard Munch

354면
Framoverbøyd kvinneakt (1920) by Edvard Munch

360면
Liggende akt (1919-24) by Edvard Munch

364면
Head by head (man and woman kissing) (1905) by Edvard Munch

368면
Waves (1908) by Edvard Munch

374면
Trees By The Canal (1908) by Edvard Munch

380면
Red Rocks (1915) by Edvard Munch

384~385면    408면
The Kiss IV (1902) by Edvard Munch

392면
Manskropp på obduksjonsbordet (1928-32) by Edvard Munch

398면    420~421면
Moonlight (Moonlight. Night in St. Cloud) (unknown) by Edvard Munch

404면
Landscape (1940-43) by Edvard Munch

414면
Woman By The Veranda Step (1942) by Edvard Munch

"Perhaps
it will be fine tomorrow,"
she said,
smoothing his hair.

*-Virginia Woolf*
TO THE LIGHTHOUSE